변호사

변호사 4

초판 1쇄 인쇄일 2015년 6월 23일 | **초판 1쇄 발행일** 2015년 6월 25일

지은이 진문 | **펴낸이** 곽중열 | **담당편집 팀장** 이범수
편집부 신연제 이윤아 김호성 김은경

펴낸곳 (주) 조은세상 | 출판등록 제 2002-23호
주소 경기도 연천군 미산면 청정로 1355
TEL 편집부 02)587-2966 | FAX 02)587-2922
e-mail bukdu@comics21c.co.kr

ISBN 979-11-5832-119-2 | ISBN 979-11-5832-049-2(set) | 값 8,000원

Legal Mind

변호사

:리걸 마인드

4

진문(眞文) 현대 판타지 장편소설

NEO MODERN FANTASY STORY & ADVENTURE

북두
(주)조은세상

Legal Mind

변호사 :리걸 마인드

CONTENTS

NEO MODERN FATASY STORY & ADVENTURE

※본 소설은 픽션입니다.
소개된 케이스의 결론은 실제 사실과 다를 수 있으니 주의 바랍니다.
또한 극적인 전개를 위해 법정변론은 어느정도 각색이 되어 있음을 알립니다.

제 21 장
: 변하지 않는 것들(후편)

NEO MODERN FATASY STORY & ADVENTURE

변호사

'검사… 내게 리걸마인드가 주어지기 전에는 꿀 수 조차 없던 꿈이었어.'

이전의 유생은 그저 고시원에서 총무를 보는 한량에 불과했다. 서른이 넘도록 무협지나 만화책을 보며 하루하루를 보내던.

'그때 태수형을 만나지 못했다면 지금의 나는… 아마 없었을 거야.'

고시사 태수가 없었더라면 자신이 리걸마인드를 얻었다는 사실조차 몰랐을 터.

리걸마인드와 태수. 그리고 고시생활을 지속할 수 있게 했던 고시원 총무 자리.

이 중 단 한 가지만 없었더라도 유생이 사법시험을 합격해 검사가 되는 일은 없었을 것이다.

'검사… 나 혼자만의 힘으로 된 것이 아닌데….'

유생은 지금까지 큰 착각을 하고 있었다는 것을 깨달았다.

대한민국 검사라는 지금의 위치는 우연이든 필연이든 누군가의 도움이 없었더라면 결코 이룰 수 없는 자리였다.

'나도 거저 얻은 것인데… 여기에 대가를 받으려고 했다니….'

유생은 피식 웃었다.

검사 생활 6개월, 그 짧은 기간 동안 어느새 변해 버린 자기 자신이 우습게 느껴졌다.

'그렇게 변하긴 싫어.'

변한다는 것은 매번 꿈 속에서 보았던 장태현과 같은 길을 가는 것을 의미했다.

'결코 장태현처럼 되지는 않을 거야.'

악덕 변호사 장태현.

일제 강제징용 사건을 비롯해 수 많은 사건들을 왜곡시켜 승소 판결을 이끌어낸 장본인.

게다가 그의 마지막 프로젝트는 한 나라의 경제를 통째로 뒤엎을 만한 것이었다.

'난 결코 그 자와 같은 길을 가지 않겠어.'

이제 선택은 분명해졌다.

유생은 지금까지 그의 눈앞을 가리고 있었던 것이 무엇인지 깨달았다.

'내가 있는 곳이 대검인지 아닌지는 중요한 게 아니야. 나는… 이 자리에서 할 수 있는 것을 하겠어.'

그렇게 결심한 순간 그를 어둠 속으로 이끌던 속삭임은 수그러들었다.

대신 나즈막하게 한 가지 경고를 덧붙였다.

– 만약 제안을 거부다면, 넌 그들 전부를 상대해야 할 거야.

'그건 알고 있어.'

부장 검사 이경찬은 그저 표면에 드러나 있는 작은 돌기일 뿐이었다.

배후에서 그를 다루는 자가 누군지는 지금의 유생으로선 예측할 수 없었다.

속삭임은 그런 유생을 비웃었다.

– 후후후. 상대는 거물들이야. 너 따위는 그들의 정체조차 알 수 없지. 정체도 모르는 적을 너 혼자서 상대할 수 있겠어?

'그건….'

솔직히 승리를 장담할 수는 없었다.

어디서부터 시작을 해야 할지, 어떻게 해야할지도 모르는 상태이기 때문에.

허나 유생은 표정을 굳히며 결심했다.

'해보기 전엔 모르는 일이야. 적어도 해보지도 않고 포기하진 않겠어.'

– 후후후… 어리석군…. 주는 잔을 걷어차고 도리어 벌주를 마시려 하다니.

자신을 비웃고 있는 속삭임을 향해 유생은 발악하듯 소리쳤다.

"웃지마, 장태현! 난 너 따위와는 다르게 살 거니까!"

유생은 어렴풋이 눈치채고 있었다.

아까부터 들려오던 속삭임이 그의 안에 깃들어 있는 장태현이였다는 것을.

– ……재밌겠어. 기대하지.

더 이상 속삭임은 들리지 않았다. 허나 유생의 머릿 속은 복잡해졌다.

'어디서부터 풀어가야 할까.'

속삭임이 지적한대로 상대는 이경찬 부장 검사 만이 아니다. 뒤에서 그를 조종하는 거물들.

이번 사건을 그들이 원하는대로 처리하지 않는다면, 그들 모두는 유생의 적이 될 터였다.

'나는 어떻게 해야 할까.'

한참 생각에 빠져 있을 때, 노크소리가 들려왔다.

유생이 대답하자 누군가가 사무실 문을 열고 들어왔다. 그는 경비원이었다.

"저… 검사님. 아까부터 이 사람이 자꾸만 검사님을 뵙고 싶다고 해서…."

그의 뒤에는 한 남성이 서 있었다.

머리가 희끗한 60대 중반의 아저씨. 낯이 많이 익은 그는 분명 유생이 알고 있는 자였다.

"아저씨!"

유생은 반갑게 그를 맞았다. 그는 예전 유생이 있던 성심 고시원의 주인이었다.

◇

경비원을 돌려보낸 후 유생은 아저씨를 보며 물었다.

"아저씨, 그동안 건강하셨어요? 미리 한번 찾아뵈었어

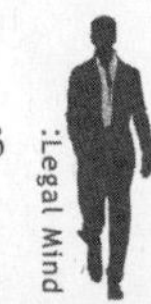

야 했는데… 요새 고시원 사람 많이 줄었다면서요?"

얼마 전 고시원에 인사차 다녀온 태수에게 들어서 알고 있었다. 그때 태수는 로스쿨 제도가 시행되면서 고시원에 사람이 줄어든 것 같다는 말을 했었다.

허나 아저씨는 유생의 물음에 답하지 않았다.

'너무 간만이라 그런가?'

유생은 빙긋 웃으며 말을 이었다.

"오실꺼면 미리 전화주시지 그러셨어요? 태수 형에게 물으시면 될텐데…."

이번에도 묵묵부답.

아저씨는 고개를 푹 숙이고 서 있을 뿐이었다.

"아저씨… 무슨 일 있으세요?"

유생이 그의 앞에 다가와 묻자 그가 고개를 들었고, 순간 눈이 마주쳤다.

이상하게 빛나는 눈빛.

'어? 왜 이러시지?'

유생의 머릿 속에 의문이 스치는 순간, 아저씨는 바닥에 털썩 무릎을 꿇고 엎드렸다.

"아, 아저씨!"

유생의 외침과 동시에 그가 입을 열었다.

"검사님!"

그는 바닥에 머리를 조아리며 말을 이었다.

"제발… 제 아들 놈을 살려 주세요!"

유생은 깜짝 놀라 그를 잡으며 말했다.

"아들… 이라니요… 아드님은 분명…."

예전에 죽었다는 말을 들었다.

고시원에서 짐 싸서 나오던 날 태수가 했던 말이었다.

'분명 태수 형이 그랬었어. 아들이 죽었다고….'

고시원 주인 아저씨의 아들은 누군가에게 살해당했다고 했다. 살인 용의자는 신화그룹 막내아들 신종호.

허나 장태현의 변론으로 그는 풀려났고, 사건은 미제로 남게 되었다.

'아들은 이미 죽었어. 그런데 아들이라니….'

곧 유생의 의문은 풀렸다.

아저씨는 유생에게 머리를 조아리며 말을 이었다.

"검사님. 제발 우리 동석이를 살려 주십쇼. 그 놈은 그날 거기 간 죄 밖에는 없습니다."

'마동석?'

이제 아저씨는 유생의 바짓가랑이를 붙들고 늘어지기 시작했다.

"아, 아저씨. 이러시지 마세요. 동석이라면 아무 일 없을 겁니다."

허나 그의 말은 들리지 않는 듯 했다.

아저씨는 막무가내로 유생에게 매달렸다. 급기야는 품

에서 두툼한 봉투를 꺼내더니 유생의 손에 쥐어 주었다.

"돈이라면 얼마든지 드리겠습니다. 그러니 제발 동석이를 살려주세요. 그 녀석은 죄를 짓지 않았습니다."

그는 울고 있었다.

울면서 필사적으로 사정하고 있었다.

"아저씨…."

봉투에 들어있는 돈은 상당했다.

언뜻 봐도 천만원은 넘는 돈다발. 이를 본 순간 유생은 한 가지 결론에 이르렀다.

'아저씨… 제정신이 아니야.'

마동석을 아들로 착각하는 것도 모자라 유생을 알아보는 것 같지도 않았다.

'일단은 병원으로 옮기자.'

유생은 호출했고, 곧 사무실 문이 열리면서 경비원이 들어왔다.

그를 본 아저씨는 더욱 큰 소리로 외쳤다.

"제발… 검사님. 받아주세요. 부, 부족하면 더 드리겠습니다."

아저씨는 품 안에서 돈봉투 몇개를 더 꺼냈고, 이를 본 경비원들이 그를 제지했다.

"아저씨! 여기서 이러시면 안돼요! 검사님께 뭐하시는 거에요?"

그들은 우왁스럽게 아저씨를 안아 들고는 밖으로 향했다. 끌려나가는 와중에도 아저씨는 유생을 보며 외쳐댔다.

"제발! 우리 아들을 좀 살려주세요!"

"이 아저씨가 노망이 드셨나. 우리 검사님을 뭘로 보고…!"

경비원은 유생의 눈치를 보면서 그를 끌어냈다.

소란이 커지자 경비원 한 명이 더 왔고, 그들은 발악하는 아저씨를 양 옆에서 잡았다.

유생이 그들에게 당부했다.

"살살해 주세요. 아무래도 충격 때문에 정신에 이상이 생기신 것 같습니다."

"네. 바로 병원으로 옮기겠습니다."

그들은 아저씨의 양 어깨를 잡고는 밖으로 나갔다. 문 밖으로 나가면서도 아저씨는 유생을 보며 있는 힘껏 외쳤다.

"신유생 검사님, 제발요!"

아저씨는 밖으로 끌려 나갔다. 그의 흐느낌 섞인 외침이 검찰청 복도에 가득 울려 퍼졌다.

고래고래 유생의 이름을 부르는 소리가 아랫층에서 들려왔고, 유생은 한숨을 쉬며 사무실 안으로 다시 들어왔다.

'충격이 크셨구나. 이번 사건으로.'

어떻게 된 일인지 알 것 같았다.

'동석이가 죄없이 잡혀들어간 걸 보시고는 충격을 받으신 거야. 예전 아들이 죽었을 때처럼.'

유생은 주먹을 불끈 쥐었다.

'결코 이전처럼은 안 될 겁니다. 아저씨.'

아저씨의 모습을 본 후 유생은 자신에게 남아 있던 주저하던 마음을 모두 털어낼 수 있었다.

'이제 전쟁이 시작될 거야. 진실을 향한 전쟁이.'

유생은 다시 책상에 앉았다.

그는 판을 짜야 했다.

이번 싸움을 이기기 위한.

아직 적이 누군지, 누가 적이고 누가 친구인지 알 수 없었지만 반드시 이길 수 밖에 없는 판을 짜야 했다.

'가능할 거야. 나라면….'

이미 마음 먹은 그의 눈빛에는 두려움 같은 것은 없었다.

반드시 이기겠다는 의지만이 가득 차 빛나고 있었다.

다음날 아침.

이경찬 부장 검사는 소파에 앉아 모처럼 만에 녹차를 즐기고 있었다.

지난 추석 때 선물 받은 옥로.

잔에서 피어 오르는 그 은은한 향은 그의 입안에 부드럽게 스며들고 있었다.

그때 문이 열리면서 평검사 한 명이 들어왔다.

고개를 돌리지 않아도 그가 누군지는 알고 있었다.

"신유생 검사, 왔는가?"

"네."

이경찬은 유생에게 자리를 권하고는 미리 우려놓은 찻물을 잔에 따라 주었다.

"한 잔 들게. 녹차는 중요한 결정을 할 때 정신을 맑게 해주지."

"그렇군요."

유생은 이경찬이 준 잔을 받아 천천히 마셨다.

부드럽고 은은한 차향은 지금까지 그가 마셔본 녹차와는 분명 다른 것이었다.

"향이 좋군요."

유생이 잔을 내려 놓으며 소감을 말하자 이경찬은 미소지었다.

"옥로(玉露)라는 것이네. 녹차 중에는 최고급품이지."

그 역시도 다시 차 한모금을 마신 후 내려놓으며 말을 이었다.

"찻잎이 나올 무렵에 그늘을 가려두면 아주 특별한 찻

잎이 나온다네. 떫은 맛은 사라지고 진하고 부드러운 맛은 강해지지. 마치… 자네처럼.”

그의 말에 유생은 빙긋 웃었다.

그는 부드럽게 웃으면서 유생에게 물었다.

“어때… 자네 앞에 놓인 기회는 잡았는가?”

대답하는 대신 유생은 그에게 사건 파일을 건네주었다.

파일을 훑어보는 이경찬의 얼굴에 미소가 짙어졌다. 그는 공소장에 적힌 유생의 서명을 확인하고는 입을 열었다.

“역시… 내가 사람을 잘못보지 않았다니까? 잘 선택했네.”

“원칙대로 했을 뿐입니다.”

유생의 말에 이경찬은 웃음을 터뜨렸다.

“그렇지. 원칙대로. 우리 일은 원칙대로 하는게 중요하다니까. 하하하.”

그는 유생의 어깨를 두드리며 말을 이었다.

“내년 2월 발령 때, 자넨 대검에 입성할 거네. 내 약속하지.”

다른 이라면 황공해 마지 않는 한 마디였다.

누구든 그런 말을 듣게 되면 그의 앞에서 무릎을 꿇거나 절을 했다.

허나 유생의 반응은 의외로 담담했다.

희미하게 미소짓고 있던 그의 입에서는 이경찬이 전혀

예상하지 못한 말이 흘러나왔다.

“그러지 않으셔도 됩니다.”

“뭐?”

이경찬은 놀란 눈으로 유생을 마주보았고, 곧 웃음을 터뜨렸다.

“하하하. 이거 겸손한 친구로구만.”

그러나 유생의 눈을 보았을때 그가 농담을 하는 것이 아니라는 것을 알아챘다.

‘뭐지, 이 녀석?’

그때 방문을 열고 누군가 들어왔다.

올해 초, 형사2부로 발령난 한지연 수석검사였다. 그녀를 알아본 이경찬은 너털웃음을 지으며 말을 걸었다.

“여어. 한 수석, 웬일인가? 차라도 한잔 하려고?”

그의 농담에 한지연은 대꾸하지 않았다. 빠른 걸음으로 다가온 그녀는 이경찬에게 종이 한장을 보여주며 입을 열었다.

“체포영장입니다.”

“뭣이?”

순간 이경찬의 눈썹이 꿈틀거렸고, 그녀는 차가운 목소리로 말을 이었다.

“이경찬 부장검사. 수뢰 후 부정처사죄 및 증거인멸죄의 혐의로 당신을 체포합니다.”

그녀의 말이 떨어짐과 동시에 수사관들이 들이 닥쳤다.

이경찬은 당황한 나머지 그들을 뿌리치며 외쳤다.

"왜, 왜들 이러는 거야?"

그리고 유생의 얼굴을 보았을 때 이경찬은 뭔가가 잘못 되었음을 느꼈다.

유생은 방금 전 사건파일을 보여주며 입을 열었다.

"진짜 죄를 진 자를 기소하는 것. 그것이 검사의 원칙입니다."

유생이 내민 파일을 본 이경찬의 얼굴이 당혹감에서 분노로 일그러졌다.

그 파일 맨 앞의 공소장에는 '수뢰 후 부정처사죄 및 증거인멸죄' 라 적혀 있었고, 그 밑에는 분명하게 자신의 이름이 적혀 있었다.

제 22 장

: 달이 밝으면 별은 드물다

NEO MODERN FATASY STORY & ADVENTURE

변호사

한지연 수석검사.

작년까지 인천지검 마약수사과에서 이경찬 밑에 있다가, 올해 4월 말에 발령을 받아 서울중앙지검 형사2부로 옮겨진 인물이었다.

40대 초반임에도 30대로 보이는 미모 덕분에 검찰 내부에서 소문이 무성한 자였다.

유생은 한지연 수석검사의 차를 타고 이동하고 있었다.

그들이 향하는 곳은 이경찬 부장검사의 자택.

압수 수색 영장을 집행하기 위해 이미 그곳에 있을 수사관들을 지휘하기 위해서다.

"흠…. 막히는군…."

출근길이라 도로는 꽉 막혀 있었고, 운전대를 잡은 한지연의 미간에 가늘게 주름이 잡혔다.

지금 상황이 영 못마땅한 듯 그녀는 걱정스런 표정으로 입을 열었다.

"일단 구속하긴 했지만… 쉽진 않을 거야. 자택을 압수수색한다고 뇌물을 받았다는 증거를 찾지 못할 수도 있고."

"알고 있습니다, 선배. 그래도 할 수 있는데까진 해보고 싶네요."

순진하게 미소짓는 유생의 모습에 한지연은 한숨을 쉬며 말을 이었다.

"너, 이제 갓 들어온 6개월차 신입이야. 그런 신입이 직속 부장 검사를 구속하는 거, 이 조직에선 용납되지 않는 일이라고."

그녀의 말에도 유생은 빙긋 웃으며 답했다.

"그래서 선배님께 도움을 구한거 잖아요. 제가 듣기로 형사2부 부장님과 이경찬 부장은 서로 앙숙이라 들었습니다. 라인도 다르구요."

그의 말에 한지연의 눈이 동그래졌다.

"너, 어떻게 그걸…."

"좁은 바닥이라 그런지 그냥 앉아만 있어도 소문이 귀

에 들어오네요. 과거 인천지검에서 선배님이 이경찬에게 당한 일들이라든지…. 형사2부장님과 선배님의 관계… 등등….”

부드러운 목소리로 말했지만 한지연에겐 날카로운 비수와도 같이 날아와 가슴을 파고 들었다.

그녀는 정곡을 찔린 사람처럼 떨리는 목소리로 입을 열었다.

“뭘 들었는지 모르겠지만 그건 사실이 아니야.”

허나 붉게 물든 그녀의 얼굴은 다른 말을 하고 있었다. 그런 그녀를 보며 유생은 여유롭게 말을 이었다.

“중요한 건 이번 기회로 선배님과 형사2부장님께서 이경찬에게 진 빚을 갚을 수 있다는 것 아니겠습니까?”

한지연은 대답하지 않았다. 서로 말을 섞을수록 웬지 손해보는 느낌이 들었기에.

‘빈틈없는 녀석이야. 신입이라고는 생각지 못할 정도로.’

이전까지 유생과는 그리 가까운 사이가 아니었다.

나이 많은 신입이 들어왔다는 말에 4월에 한 번 인사를 나눈게 전부였다.

그 이후로는 복도에서 한 번 마주친 적도 없었다.

허나 오늘 아침부터 겪은 유생은 결코 녹록한 상대가 아니었다.

직속 상관을 구속하는 배짱과 그 수단으로 자신들을 선택한 안목.

'위험해. 이런 녀석은.'

지난 10년간 검찰에서 있으면서 생긴 감이었다.

이런 자들은 대개 커다란 사건을 만들고는 사라져 버린다. 그 뒷감당은 주변인들에게 맡긴 채.

"수사는… 어디까지 진행된 거지?"

"수사기록, 이미 보셨을 텐데요."

한지연은 오늘 새벽 그에게 건네받은 기록을 떠올려보았다.

사체를 훼손해 범인을 은닉하려 했다는 증거는 명백해 보였다. 경찰의 증언과 수사기록의 불일치. 국과수에서 찍은 사진들.

"증거인멸에 대한 건 거의 확실해 보이더군. 하지만 이경찬이 누군가에게 뇌물을 받았다는 증거는 없었어."

한지연의 지적에 유생은 고개를 끄덕였다.

"네. 아직까지 뇌물을 받았다는 증거는 발견하지 못했습니다. 거래계좌도 추적해 봤는데, 의심갈만한 흔적은 나오지 않더군요."

그의 말에 한지연은 쓰게 웃으며 물었다.

"상대는 이경찬이야. 풋내기도 아니고 20년 동안 이 바닥에서 굴러먹은 자라고. 그런 그가 어설픈 흔적을 남기겠어?"

"그건 그렇겠군요."

유생이 동의하자 한지연은 얼굴을 굳히며 말을 이었다.

"그 정도 증거도 없으면 난 이 사건 못 맡아. 괜히 맡았다가 독박쓰는 건 사양하겠어."

"걱정 마세요, 선배."

유생은 빙긋 웃으며 말을 이었다.

"그래서 제가 지금 가는 거니까요."

"뭐?"

모르겠다는 표정의 그녀를 보며 유생은 또박또박 말을 이었다.

"지금 우리는 이경찬의 자택으로 가는 겁니다. 뇌물을 받았다는 증거를 찾으러요."

"못 찾으면?"

그녀는 의심스러운 듯 물었고, 유생은 단호하게 답했다.

"찾을 겁니다. 반드시. 그리고…."

그는 한지연을 보며 빙긋 웃었다.

"증거를 찾게 되면 이 사건 선배가 맡아주세요."

한지연의 눈이 가늘어졌다.

그녀에겐 유생의 노림수가 보였기 때문이다.

'이 사건, 위로 결제 올라가는 순간 다른 곳으로 배당될 거야. 하극상을 눈앞에서 용인해 줄 정도로 이 조직은 열려있지는 않으니까.'

조직 내 비리 척결은 중요하다.

허나 그렇다하더라도 밑에서 부리는 자에 의해 고발당한 형태라면 모양새가 좋지 못하다.

게다가 이경찬이 잡은 라인 윗선에서 수사를 차단할 수도 있다.

'하지만 처음부터 내가 인지한 사건으로 한다면 다르지.'

한지연은 형사2부장의 직속 라인.

인천지검에 내려간지 2년만에 다시 서울로 올라올 수 있었던 것은 부장의 힘이 컸다.

그녀가 이번 사건을 인지했다고 한다면 형사2부장은 쌍수를 들고 환영할게 분명했다.

'부장님은 예전부터 이경찬과 사이가 좋지 않았어. 그러니 윗선의 압력은 막아줄 거야. 게다가 이건 내부 비리 사건. 해결만 한다면 실적에도 엄청난 영향을 미치겠지.'

하극상은 용납하지 못한다. 허나 조직 내 비리 척결은 결코 덮어둘 수 없는 문제.

유생은 자신이 직접 할 수 없는 것을 할 수 있는 자에게 넘기려 하고 있었다. 그것도 완벽한 증거와 함께.

"맡아주지. 니 말대로 증거를 찾는다면."

그녀의 대답에 유생은 빙긋 웃었다.

허나 그 웃음의 의미를 한지연은 알지 못했다.

단순한 내부 비리 사건으로 파악한 그녀로서는 아직 이 사건의 끝에 무엇이 있는지 알 수 없었다.

◇

이경찬의 자택은 정원이 있는 2층 양옥집이었다.

아침부터 도착한 검찰 수사관 십여명은 부산하게 움직이며 증거물들을 찾고 있었다.

유생과 한지연이 도착하자 사건 계장이 다가와 현황을 알렸다.

"한 시간이 넘도록 뒤져봤는데 아직 아무것도 나오지 않았습니다."

"지하실과 창고는 모두 뒤져봤나요?"

한지연의 물음에 계장은 고개를 끄덕였다.

"네. 지하실은 물론이고 창고에도 아무것도 없었습니다. 혹시나 해서 연못 밑바닥도 조사해 봤는데 헛탕만 쳤구요."

한지연은 힐끗 유생을 본 다음 계장에게 말했다.

"정원 바닥은 파 보셨나요?"

"네?"

계장은 눈이 동그래졌고, 한지연은 드문드문 나무가 심겨진 정원을 둘러보며 말을 이었다.

"이경찬 부장이라면 우리가 매번 수색하는 곳에 증거를 숨겨두진 않았을 겁니다."

"그, 그건 그렇겠죠."

계장이 수긍하자 한지연은 차갑게 웃으며 말을 이었다.

"알았으면 삽 들고 와서 파세요."

"여, 여길 전부 다요?"

정원은 넓었다. 사람이 직접 판다면 지금 온 이들을 모두 동원한다해도 상당한 시간이 걸릴 것은 분명했다.

허나 한지연은 거침없이 지시했다.

"네. 여기에서 증거 못찾으면 전부 끝장…."

"아니. 잠깐만요."

그때 유생이 그녀를 막았다. 정원을 둘러보던 유생은 한지연을 보며 말을 이었다.

"정원은 있다가 살펴보죠. 일단은 제가 좀 찾아보겠습니다."

유생이 눈짓하자 사건 계장이 따라 붙었고, 그와 함께 집 안으로 들어갔다.

◇

집 안 거실은 말 그대로 난장판이었다.

TV를 비롯한 가전기기들은 전부 다 코드가 뽑힌 채로

밖으로 나와 있었고, 책꽂이의 책도 모두 바닥에 널부러져 있었다.

집안 여기저기에 서 있는 수사관들은 아직도 증거물을 찾고 있었다.

몇몇은 벽을 두드리며 소리를 듣고 있었다.

'숨은 공간이 있는지 확인하려는군. 하지만 아마 그런 건 없을 거야.'

유생은 이경찬을 잘 알고 있었다.

결코 서두르지 않는 성격의 그는 아무도 모르는 장소를 만들어 그곳에 자신의 보물을 숨길 것 같지는 않았다.

'이런 식으론 찾을 수 없어.'

그렇게 생각하고 있을 때 어디선가 목소리가 들려왔다.

"신 검사님!"

한쪽 구석에서 팔짱을 끼고 있던 이경찬의 부인이었다. 유생을 알아본 그녀는 반가운 기색으로 다가와 말을 걸었다.

"도대체 이게 어떻게 된 거에요? 아침부터 사람들이 와서는 집안을 이 꼴로 만들었어요. 혹시… 그 양반한테 무슨 일이라도 생긴 건가요?"

유생은 부드럽게 미소지으며 말했다.

"일은요…. 잠시 오해가 있었나 봅니다."

그는 창밖 정원에 서 있는 한지연을 가리키며 말했다.

"저 분, 기억하시죠?"

"한 검사님… 아니세요?"

그녀는 분명하게 기억하고 있었다.

이경찬은 자신의 생일날 부하직원들을 집으로 불러 대접하는 습관이 있었기에, 그의 처가 그들을 기억하는 건 이상한 일이 아니었다.

"작년까진 종종 집에 오시더니… 올해엔 통 못 뵈었던 것 같아요."

"맞습니다. 부인."

유생은 순박한 웃음을 지으며 말을 이었다.

"사실 저 분이 오늘 아침 이경찬 부장님을 체포하셨어요. 뇌물을… 받았다는 혐의로요."

"네?"

부인은 눈이 동그래지며 외쳤다.

"그 양반은 그럴 분이 아니에요! 외골수에 얼마나 공정하신 분인데. 우리 가족들 부탁도 안들어 주시는 분이라구요!"

"저도 알고 있습니다, 부인. 그래서 제가 여기 온 거에요. 이걸 막으려구요."

유생은 동그란 눈으로 바라보고 있는 그녀 앞에서 큰 소리로 외쳤다.

"거기 수사관들! 이제 그만 다 나오세요! 이만하면 됐지 않습니까?"

유생은 계장에게 눈짓했고, 계장도 큰 소리 쳤다.

"다들 내려와! 이제 가자!"

그의 말을 들은 듯 거실과 2층에서 수사관들이 우르르 나왔다. 몇몇은 박스를 들고 내려왔는데 유생은 그들에게도 큰 소리쳤다.

"그거 확실한 증거 맞습니까?"

"아… 이건… 저…."

대답하지 못하자 유생이 다그쳤다.

"확실한게 아니면 놓고 가세요. 어디서 지금 확실한 증거도 없이 부장님 집을 뒤져!"

그의 말에 계장도 거들었고, 결국 수사관들은 빈 손으로 밖으로 나갔다.

유생은 계장 역시도 밖으로 내 보낸 뒤 부인에게 말했다.

"너무 걱정 마세요. 어차피 증거도 없으니까 부장님께선 곧 풀려나실 겁니다."

말을 마친 그가 밖으로 나가려 하자 그녀가 그를 붙잡았다.

"잠깐만요, 신 검사님."

이제 그녀의 눈에 비친 유생은 단순한 남편의 부하직원이 아니었다.

위기를 막아준 듬직한 가신(家臣).

그런 그를 그냥 돌려보낼 수는 없었다.

"차라도 한 잔 하고 가세요."

유생은 빙긋 웃으며 그녀의 호의를 받았다.

"그럴까요?"

유생은 총총히 주방으로 향하는 부인의 뒤를 따랐다. 그녀의 뒷모습을 보는 그는 묘한 웃음을 짓고 있었다.

옥빛의 찻주전자에서 녹빛의 더운 찻물이 쪼르륵 잔에 담겼다. 동시에 진하고 부드러운 차향이 주방을 가득 채웠다.

부인은 방금 가득 채운 찻잔을 유생에게 건네며 말했다.

"이거 아주 귀한 차에요."

"옥로(玉露)죠?"

맛도 보지 않은 유생이 한 번에 알아맞추자 부인은 동그란 눈이 되었다.

"어머, 그걸 어떻게 아셨어요?"

"이 향과 은은한 빛깔을 보면 알 수 있죠."

유생의 말에 부인은 더욱 놀라며 말했다.

"정말 그것만으로 알 수 있어요? 신 검사님, 진짜 차 매니아이신가봐요?"

그녀의 반응에 유생은 너털 웃음을 지으며 대답했다.

"하하하. 그럴리가요. 사실 얼마 전, 부장님께서 제게 한번 대접해 주셨어요. 아주 귀한 차라면서요."

유생의 그 말은 신뢰감을 심어주기에 충분했다. 부인은 알겠다는 듯 고개를 끄덕이며 입을 열었다.

"아, 그러셨구나."

그녀는 자신의 잔에도 차를 가득 채우고는 입을 열었다.

"우리 그이. 괜찮겠죠?"

"걱정하지 마세요. 한평생 청렴하게 살아오신 분인데 뇌물을 받으셨을리 없잖아요."

말은 그렇게 했지만 유생은 부인의 표정을 살폈다. 그녀는 분명 뭔가 알고 있을 거라 기대하면서.

"그렇긴 하지만…."

그녀는 찻잔을 들어 한모금 마시고는 주방 한쪽 벽을 바라보았다.

그녀의 시선을 따라간 유생은 그곳에 붙어 있는 한 점의 그림을 발견했다.

'이것은?!'

그것을 본 유생의 눈이 반짝하고 빛났다.

◇

"좋은 그림이네요."

유생은 일어나 그림을 자세히 들여다 보았다.

'이건… 비단?'

커다란 비단 위에 그려진 그림.

언뜻 보기엔 어린아이가 그린 것처럼 단조로워 보였다.

허나 독특한 색감과 정밀하게 짜여진 구도는 이것이 결코 어린아이가 그린 그림이 아니라는 것을 말해주고 있었다.

짙은 청록빛의 산 위에는 붉은 태양이 걸려 있고, 그 아래엔 물동이를 인 아낙이 길을 따라 가고 있다.

개울가에서 빨래를 하며 수다를 떨고 있는 세 명의 아낙들.

바위 뒤에는 가슴을 졸이며 그녀들을 훔쳐보는 한 명의 청년도 있었다. 그는 그 중 한 명의 여인에게 마음이 있는 듯 했다. 가운데에 앉아 있는 아름다운 여인에게.

'물장난치며 노는 아이들과 시원하게 바람을 즐기며 누워있는 어른들. 평화로운 시골 풍경이네.'

산골 어느 마을의 풍경.

황순원의 '소나기' 나 이효석의 '메밀꽃 필 무렵' 을 연

상케하는 풍경이었다.

그리 특별해 보일 것 없는 풍경화였음에도 유생은 쉽게 눈을 뗄 수 없었다.

그것은 익살스럽게 표현된 인물들 때문은 아니었다.

'그림의 절반을 차지하고 있는 산. 이 짙은 녹빛의 산이 주는 느낌이 너무 좋아.'

단순한 청록색의 산이었지만 그 빛깔에서는 웬지 신비로운 기운이 흘러 나오는 것 같았다.

이를 감상하던 유생의 입에선 절로 감탄사가 흘러나왔다.

"하… 정말 좋네요."

"운보 선생님 그림이에요."

뒤에서 유생을 보고 있던 부인의 목소리였다.

'운보….'

유생이 한쪽 구석에 적힌 운보(雲甫)란 글씨를 확인한 순간 그의 머릿속에서 속삭임이 들려왔다.

장태현의 목소리가.

– 운보 김기창 선생의 청록산수(靑綠山水)군.

'뭐라고?'

유생의 물음에 대답이라도 하듯, 그의 머릿속에선 청록

산수화에 대한 이야기가 흘러나왔다.

– 운보는 바보산수로 유명해진 화가야. 하지만 수집가들 사이에선 바보산수보단 여기 이 청록산수를 훨씬 높게 치지.

'왜지?'

유생의 물음에 장태현은 잠시 웃는 것 같았다.

이런 식의 대화가 우습다는 것처럼. 한동안 웃던 그는 다시 속삭이기 시작했다.

– 왜냐하면… 바보산수는 그가 부인을 잃고 나서 그리기 시작한 화풍. 그래서 그런지 투박하고 우중충하지. 하지만 청록산수는 그가 한창 젊을 때 그렸던 그림이야. 분위기도 그렇고 색 자체에 밝고 긍정적인 기운이 실려 있어. 게다가 몇 점 되지도 않지.

유생은 그 말 뜻을 이해할 수 있었다.

'그림 자체에서 풍겨나오는 기운과 희소성이라… 그렇다면 이 그림은 상당한 가치가 있겠어.'

장태현은 유생의 추리를 칭찬해주며 말을 이었다.

– 제법인걸? 맞아. 이건 아주 비싼 그림이야. 정확하진 않지만 호당 천만원은 넘을 거야. 이 정도 크기면 150호(약 227.3 × 181.8 cm)정도 될 테고… 아무리 낮게 가격을 매겨도 15억은 넘겠군.

'15억?!'

그 액수는 유생의 눈을 번쩍 뜨이게 하는 것이었다.

게다가 그가 기억하기로 이경찬의 생일은 5월 중순. 그때 초대받아 방문했던 유생은 주방에서 이 그림을 본 기억이 없었다.

'그렇다는 것은 5월과 10월 사이에 누군가에게 받은 것이란 뜻이야!'

15억이 넘는 가치와 그림이 걸린 시기.

이 두 가지만 따져봐도 이 그림은 지금까지 찾던 뇌물죄의 증거임이 분명했다.

'됐어. 이걸로 이경찬의 수뢰죄는 입증할 수 있어!'

허나 이어지는 장태현의 말은 한껏 들떠있는 유생의 마음에 찬물을 끼얹었다.

– 쯧쯧쯧… 순진하군. 이 그림이 고가인 것은 맞아. 허나 다른 누군가로부터 받았다는 것을 어떻게 증명할 건데?

그의 질문은 핵심을 파고 들었다.

지금까지 발견한 사실들은 그저 그림이 비싼 것이고, 최근에 들어온 것이라는 것 뿐.

이경찬이 그것을 '어떤 청탁의 대가로 뇌물로써' 받았다고 주장하기 위해서는 별도의 추가 증거가 필요했다.

'15억이나 되는 그림이라면 국가에서 관리하는 등록대장이 있는 거 아닌가?'

유생의 의문에 장태현은 비웃으며 대답했다.

– 크크크. 이 나라에 그림 등록대장같은 건 없어. 소유권을 추적하는 건 거의 불가능하지.

게다가 무게가 가볍고 접을 수 있기 때문에 양도하는 것도 쉽고, 가격을 산정하는 게 어렵기 때문에 여기에 양도세를 부과하기도 쉽지 않아.

알겠나? 바로 이것이 이경찬이 뇌물로 그림을 선택한 이유야.

'크흑…!'

유생의 얼굴이 일그러졌다.

장태현의 목소리는 '잘 알아서 해 봐.' 라며 날카롭게 비웃은 후 사라졌다.

그의 말 한마디 한마디는 유생의 의지를 꺾어놓기 충분했다.

바로 눈 앞에 증거품이 있었지만 그것은 범죄 전부를 증명하기엔 부족했다.

반쪽짜리 증거. 솔직히 있으나 마나한 것이다.

'진짜…. 방법은 없는 건가?'

유생은 주먹을 불끈 쥐었다. 여기까지 와서 돌아서야 한다는 것을 용납할 수 없었다.

지난 밤 오랜 숙고 끝에 세운 계획이 모두 무산될 판이었다.

그때 뒤에서 목소리가 들려왔다.

"그림이 마음에 드시나봐요."

이경찬의 처.

그녀는 유생이 한동안 그림에 시선을 떼지 못하는 것을 보고 진정 그림에 감동 받았다고 느끼는 것 같았다.

유생은 표정을 숨기고는 빙긋 웃었다.

"네. 그림이 너무 좋네요. 특히 이 청록빛 산이요. 보면 볼수록 어떤 기운이 느껴지는 것 같아요."

'15억짜리 그림. 그 가격의 의미는 충분히 알 것 같군.'

유생이 씁쓸한 표정이 되어 그렇게 생각하고 있을때 부인이 놀란 얼굴로 물었다.

"이 그림 청록산수라는 거 알고 계셨어요?"

유생이 고개를 젓자 그녀는 감탄한 듯 말을 이었다.

"와…. 신 검사님은 심미안이 있으신가봐요. 저는 봐도 잘 모르겠던데…."

그녀는 자리에서 일어나 유생이 서 있는 곳으로 다가왔다. 그림 앞에 선 그녀는 액자 뒤에서 뭔가를 꺼내어 보여주었다.

"우리 그이가 받아 놓은 감정서에요. 감정받는데도 돈이 꽤나 들었어요."

그것은 한국미술품감정협회라 씌여있는 봉투였다.

'감정서?'

이를 본 순간 유생의 눈빛이 반짝 빛났다.

부인에게 봉투를 건네받은 그는 서둘러 열어보았다. 그곳에는 그림이 진품이라는 것과 시가가 얼마라는 사실이 적힌 감정서가 들어있었다.

'맞아. 이런 그림을 지니게 되면 누구든 감정을 안할 수가 없어. 이건 돈이 아니니까!'

유생의 생각은 빠르게 움직이기 시작했다.

아직까진 분명하지 않았지만 지금 당장 어디로 향해야 할 지는 알 수 있었다.

유생은 감정서를 품에 넣으며 부인에게 말했다.

"감사합니다, 부인. 덕분에 고민이 해결되었어요."

"네?"

어리둥절해 하고 있는 그녀를 뒤로 하고 유생은 집을 나왔다. 밖에서 대기하고 있는 사건 계장에게 유생은 거침없이 명령했다.

"뇌물, 찾았습니다."

"네?"

계장이 동그란 눈으로 묻자 유생은 빙긋 웃으며 대답했다.

"주방에 걸린 그림. 바로 압수하세요. 그리고…."

한지연 수석과 눈을 마주친 유생이 말을 이었다.

"수석님은 저와 함께 갈 곳이 있습니다."

"어딘데?"

그녀의 차가운 물음에 유생은 눈을 빛내며 대답했다.

"이번 사건의 나머지 용의자를 찾으려요."

◇

오전 여덟시 경에 구속된 이경찬은 여덟 시간이 넘도록 취조실에 앉아 있었다.

휴대폰을 압수당한 탓에 그는 아직 어느 곳에도 연락하지 못하고 있었다.

'제기랄.'

오늘 안으로 전화만 닿는다면 지금의 이 상황을 뒤집을 수 있을 터.

허나 그를 지켜보고 있는 수사관은 결코 그에게 기회를 줄 것 같지 않았다.

'신유생… 그 병아리한테 물리다니!'

그가 배신할 줄은 전혀 예상치 못했다.

게다가 그 일은 윗선에서 직접 그에게 지시한 것.

윗선에서 지시할 정도면 그에 대한 신뢰는 이미 검증된 것이라 생각했다.

'그런 놈에게 일을 내리다니… 도대체 위에선 무슨 생각이었던 거야?'

생각하면 할수록 약이 올랐다.

이런 놈인 줄 알았으면 언질이라도 주었어야 했다.

시계를 보니 벌써 오후 네시.

시간이 지날수록 그는 초조해졌다.

'지금쯤이면 내가 여기 있다는 것 정도는 위에서도 알고 있을 텐데….'

그는 연락을 기다리고 있었다.

그가 잡은 라인의 최고위자.

그와 통화만 된다면 모든 것은 원래대로 돌아갈 터.

'한 통화만 하면 돼. 그걸로 오늘 일은 전부 되돌릴 수 있어.'

그 때 취조실 문이 열리고 수사관과 함께 누군가 들어왔다. 오늘 일어난 모든 일의 장본인, 유생이었다.

"여어. 신 검사. 오늘 아주 바쁘구만. 자네 얼굴 보기가 이렇게 힘들 줄은 몰랐는 걸."

유생은 피식 웃으며 대꾸했다.

"제 얼굴 봐서 좋을 게 뭐가 있다고 그러십니까?"

그런 그를 보며 이경찬은 표정을 바꾸어 나직한 목소리로 말을 이었다.

"이봐. 이러지 말고. 그만하게. 아직 위에 결제 안올렸지? 그럼 아직 기회가 있어. 자네 마음 다 이해 하니까 전부 없었던 걸로…."

유생은 고개를 저었다.

"이 사건. 이미 제 손을 떠났습니다. 이미 한지연 수석이 인지했구요. 아까 올 때 말씀 나눴는데, 그분들 부장님께 이를 갈고 있던데요?"

한지연이라는 이름을 듣자 이경찬의 얼굴이 일그러졌다.

'하필이면… 그 년에게!'

한지연은 이경찬과는 정 반대편에 선 자.

그런 그녀가 이 사건을 그냥 넘어갈 리는 만무했다. 허나 이경찬은 웃음을 흘리며 입을 열었다.

"자네와 한 수석이 수고가 많군. 그래도 어쩌나? 나를 처리하려면 증거를 찾아야 할 텐데… 자네도 알겠지만 뇌물죄라는 건 받은 뇌물이 있어야 될 테고, 또 준 놈이 있어

야 하고 거기에 더해 그놈한테 뭔가 청탁받은 게 있어야 성립할 수 있는거 아닌가?"

이경찬의 지적은 정확했다.

그가 기소된 죄명은 증거인멸과 수뢰후 부정처사죄.

수뢰후 부정처사죄가 성립하기 위해선 부정하게 공무를 처리했다는 것 외에도 뇌물과 뇌물을 준 자, 그리고 그에게 부정한 청탁을 받았을 것이 필요하다.

그의 말을 들은 유생은 자못 심각한 표정으로 고개를 끄덕였다.

"맞는 말씀입니다. 처음엔 분명해 보였는데 막상 판을 열어보니… 입증이 힘드네요."

유생의 대답에 이경찬의 눈빛이 반짝 빛났다.

그 눈빛은 먹잇감을 발견한 하이에나 같았다. 그는 유생 옆에 앉아 있는 수사관을 힐끗 보고는 낮은 목소리로 말했다.

"우리 둘만 이야기하면 안되겠나?"

"그럴까요?"

유생은 빙긋 웃으면서 김영진 수사관에게 눈짓했고, 그는 바로 취조실 밖으로 나갔다.

문이 닫히자 이경찬은 의자를 바짝 당겨 앉으면서 입을 열었다.

"이젠 알지 않았나? 자네 힘으로 나를 집어넣는게 힘들다는 거."

을 굳히고 이경찬을 바라보았다.

그리고는 품안에서 휴대폰을 꺼내어 그의 앞에 내밀었다.

"해 보시죠. 한 통화."

그 순간 유생과 이경찬의 두 눈이 마주쳤고, 이경찬은 빙긋 웃으며 휴대폰을 집어들었다.

◇

휴대폰을 집어든 이경찬은 천천히 전화번호를 누르기 시작했다.

그에겐 생명줄과 같은 번호.

그것은 윗선과 직통으로 연결되는 핫라인임이 분명했다.

'전화 한통으로 이 모든 것을 되돌릴 수 있다고?'

유생으로선 쉽게 믿을 수 없는 이야기였다.

체포영장과 압수·수색영장을 받아 집행하고, 한지연 검사가 직접 인지한 건으로 이미 결제를 올렸다.

이경찬을 처리하기 위해 지금까지 거친 절차는 검찰과 법원을 오가며 이루어진 것.

단지 검찰 내부의 힘만으로는 결코 뒤집을 수 있는 것이 아니었다.

'궁금하군. 놈의 뒤에 누가 있는지.'

유생은 궁금했다. 이토록 자신만만해 하는 이경찬의 배후엔 과연 누가 있을지.

그래서 그가 배후와 접선하기만을 기다렸다.

'알아내주지. 그리고 한꺼번에 처리해주겠어.'

배후가 누군지 알 수만 있다면 검찰 내부에서 일어나는 부정의 핵심세력을 한 번에 잡아낼 수 있을 터.

또한 그의 배후는 강남 나이트클럽 살인 사건과도 무관하지는 않을 것이다.

'준비는 완벽해.'

휴대폰에는 자동녹음 어플을 설치해 두었다. 통화가 시작되면 자동으로 녹음이 시작되는. 거기에 더해 초소형 도청장치까지 장착해 놓았다.

게다가 이미 취조실 안의 모든 상황은 특수유리 건너편의 방 안에서 녹화되고 있었다.

'빠져나갈 구멍은 없다. 이경찬.'

유생은 속으로 회심의 미소를 지었다. 이경찬은 유생이 만들어 놓은 그물 한 가운데 있었기에.

뚜우- 뚜우-

휴대폰에서 새어나온 작은 신호음. 그것은 규칙적으로

이어지며 취조실 내부의 적막을 깼다.

유생의 시선은 정확히 이경찬에게 머물러 있었고, 이경찬은 조소어린 눈빛으로 이를 받아내고 있었다.

그때 휴대폰에서 딸깍하는 기계음이 들려왔다. 동시에 이경찬이 입을 열었다.

"저, 이경찬입니다. 문제가 생겼습니다."

'왔구나.'

유생은 기다렸다. 휴대폰 너머의 상대가 입을 열 때까지.

그가 입을 열기만 한다면 어떤 내용이든 고스란히 녹음될테고 그것은 중요한 증거로서 기능할 터.

'검찰을 움직일 수 있을 정도의 거물은 몇 안 돼. 음성만 확보할 수 있으면 색출하는 건 시간문제라고.'

유생은 초조하게 상대가 입을 열기를 기다렸다.

허나 1분이 지나도록 휴대폰에서는 아무런 음성도 새어나오지 않았다.

'뭐지? 왜 아무 말도 안하는 거야?'

뭔가가 이상하다고 느낀 유생의 눈썹이 꿈틀거렸다. 그리고 그 순간 이경찬은 전화를 끊었다.

알 수 없는 미소를 지으면서.

'전화를…. 벌써 끊어?'

유생은 눈 앞의 상황을 이해할 수가 없었다.

적어도 누군가에게 도움을 요청하는 것이라면 자신의 위치와 상황 정도는 언급해야 한다.

'자신의 이름과 문제가 생겼다는 것 밖에는 말하지 않았어. 진짜로 이걸로 되었다는 건가?'

유생은 의아한 표정으로 이경찬을 바라보며 물었다.

"이것으로 된 겁니까?"

"물론."

이경찬은 빙긋 웃어 보이면서 말을 이었다.

"자네, 많이 당황해 보이는데…. 괜찮은가?"

유생이 아무 대답도 못하자 그는 너털웃음을 지으며 고개를 끄덕거렸다.

"하하하. 하긴, 이런 일 처음 겪어보니 그럴만도 하지."

유생은 애써 표정을 감추며 물었다.

"진짜로 그걸로 된 겁니까?"

"그렇네."

이경찬은 빙긋 웃으며 고개를 끄덕였다. 그리고는 아직 어리둥절해 있는 유생을 보면서 재미있다는 표정으로 말을 이었다.

"신 검사. 앞으로 일어날 일들을 이야기 해줄까?"

"무슨…."

유생의 자신없는 대답에 이경찬은 더욱 짙은 미소를 흘렸다. 그는 취조실 천정에 달려있는 카메라를 가리키며 말했다.

"저 카메라에 붉은 등이 들어와 있는 거 보이지?"

보안 카메라에 붙어 있는 작은 LED 불빛. 그것은 현재 상황이 모두 녹화되고 있다는 의미였다.

유생이 고개를 끄덕이자 그의 말이 이어졌다.

"이제 곧 저 등이 꺼질 거야."

그의 말이 떨어지기가 무섭게 카메라의 붉은 등이 꺼졌다.

이를 본 유생의 입이 벌어졌다.

'이럴 수가!'

그의 당황한 표정을 보며 이경찬은 만족한 듯이 웃으면서 말했다.

"하하하. 벌써부터 그리 놀라면 쓰나. 이제부터가 시작인데."

그의 목소리엔 자신감이 실려 있었고 눈은 빛나고 있었다. 그는 손가락으로 취조실 문을 가리키며 말을 이었다.

"이제 곧 저 문이 열릴 거야. 그리고 수사관 한 명이 다가와 자네에게 이런 말을 하겠지. '잠깐 좀 와 보시라.' 면서."

취조실 문이 열린 것은 그의 말이 떨어짐과 거의 동시였다.

유생은 마치 유령이라도 본 듯한 눈으로 문을 바라보았고, 그곳으로 김영진 수사관이 초조한 표정으로 들어왔다.

그는 성큼 걸음으로 다가와서는 유생의 귓가에 작은 소리로 말했다.

– 검사님. 잠깐 좀 와 보셔야 할 것 같습니다.

그 말을 듣는 순간 유생은 머리털이 쭈뼛 곤두서는 듯한 기분이 들었다.

'도대체 무슨 일이 일어나고 있는 거야?'

별 것 아닌 것 같았던 이경찬의 한 통화. 그걸로 놈은 지금까지 일어날 일들을 하나씩 예측하고 있었다.

어느새 동그란 눈이 되어있는 유생에게 이경찬은 다시 입을 열었다.

"뭐하나? 급한 일 같은데."

유생이 다시 김영진 수사관을 보자 그는 심각한 표정으로 고개를 끄덕였다.

유생이 자리에서 일어서자 이경찬은 빙긋 웃으며 입을 열었다.

"이제 앞으로의 일들이 기대되지 않나, 신 검사?"

그는 손가락을 들어 검은 특수유리를 가리키면서 말을 이었다.

"자네는 저기서 전화 한 통화를 받게 될 거야. 나 이경찬을 풀어주라는 전화를 말이지."

결코 서두르지 않는 남자 이경찬.

그가 흘리는 눈빛과 웃음에는 여유가 있었고, 그것은 그의 말에 설득력을 더했다.

"결국 자네는 나를 풀어주게 될 것이고, 모든 것은 원위치로 돌아가겠지. 자네가 날 기소하기 전의 상태로 말이지."

현실적으로는 절대 불가능한 이야기였다.

허나 지금 유생에게 이경찬의 말들은 농담처럼 들리지 않았다. 유생은 굳은 표정으로 입을 열었다.

"그 말이 맞는지는…. 직접 확인해 보겠습니다."

이경찬은 빙긋 웃으면서 고개를 끄덕였다. 유생이 막 나가려는 순간 그는 한마디를 덧붙였다.

"아차, 내 정신 좀 봐."

유생이 돌아보자 그는 장난기 어린 웃음을 지으며 말했다.

"아까 자네 이야기를 한다는 걸 깜박했어. 안됐지만 자네는 원위치가 안 될 것 같군."

노골적으로 조롱하는 말투.

그의 눈빛은 처음부터 유생의 의도를 간파하고 있었다고 말하고 있었다.

잠시 그를 노려보던 유생은 입술을 질끈 깨물고는 밖으로 나왔다.

◇

유생은 김영진 수사관과 함께 취조실 옆방으로 들어왔다.

방은 어수선했다. 모니터는 모두 꺼져 있었고, 못보던 사람들이 들어와 작업을 하고 있었다.

"무슨 일이죠?"

"그, 그게…. 갑자기 전기가 끊어졌어요."

"전기가?"

유생이 되묻자 김영진 수사관은 고개를 끄덕였다.

"네. 전등은 들어오는데 설비 쪽 전원이 모두 끊어진 것 같습니다."

"설비 전원이라면…."

"카메라도 그렇고 녹화 · 녹음 장비도 모두 꺼진 상태입니다."

김 수사관의 말대로였다. 모니터 모두 꺼져 있었고, 녹음 · 녹화 장비 역시 전원이 나간 상태.

"일단 기술팀을 불렀는데, 원인을 찾느라 조금 시간이 걸리고 있습니다."

"그렇군요."

뒤에서 부산하게 움직이는 이들은 기술팀이었다. 그들은 테스터 기를 사용해 기기와 전원을 확인하고 있었다.

그들을 보던 유생은 문득 생각난 듯 김 수사관에게 물었다.

"혹시 제게 전화가 오진 않았습니까?"

"아니요. 아직… 그런건…."

'다행이야. 아직 시간이 있어.'

유생은 자리에 앉아 전화기를 지켜보았다. 이경찬은 분명 전화가 올 것이라 말했었다.

'도대체 어떻게 한 거지?'

전화를 기다리면서 유생은 방금 전 이경찬이 전화를 했던 내용을 떠올려 보았다.

– 저, 이경찬입니다. 문제가 생겼습니다.

단 두 마디.

게다가 상대는 대답조차하지 않았다.

'자신의 이름과 문제가 생겼다는 말 한 마디. 단지 이것만으로 그를 도울 수가 있다는 말인가?'

상식적으로 이해가 되지 않았다.

아무리 든든한 배경이 있다해도, 지금의 이경찬을 돕기 위해선 정보가 필요했다.

'적어도 어디 있는지 정도는 알아야 해. 이경찬이 취조실에 있다는 것은 아직 한지연과 김영진 수사관을 빼놓고는 아무도 모른다고.'

취조실은 한 두개가 아니다. 게다가 검찰청 건물은 14층에 이른다.

1분 남짓한 시간동안 휴대폰 위치 추적만 가지고는 이경찬이 정확히 그 취조실에 있다고 단정하는 건 불가능에 가까웠다.

'하지만 전화가 끊어진 직후 전기가 나갔어. 이경찬은 그 사실을 분명하게 알고 있었고. 그건 상대가 이경찬이 이 방에 있다는 것을 확실하게 알고 있지 않으면 할 수 없는 일이야.'

그것뿐만이 아니었다. 상대는 이경찬의 위치를 확인한 즉시 바로 전기를 끊을 수 있었다.

'전화를 끊은 시간과 전기가 끊어진 시간. 그 둘 사이의 시간 차는 거의 없었어.'

유생의 머릿 속은 복잡해져갔다.

분명 그의 눈 앞에서 일어난 일이었지만 그건 있을 수가 없는 일이었다.

'도대체 어떻게 한 것일까.'

아무리 생각해도 알 수가 없었다.

이경찬의 위치를 알아낸 것도 그렇고, 정확한 타이밍에 전기가 끊어진 것도 그랬다.

'정보가 더 필요해.'

돌파구를 찾지 못한 유생은 김영진 수사관을 돌아보며 물었다.

"아까 이경찬이 통화한 내용. 녹음은 했습니까?"

"네. 일단 하긴 했는데… 중간에 전기가 나가는 바람에…."

그는 기기에 꽂혀 있던 USB메모리를 가리키며 말을 이었다.

"온전하게 녹음이 되었을지는 잘 모르겠습니다."

"그렇군요."

녹음 여부는 전기가 들어온 뒤에야 확인할 수 있을 터였다.

잠시 생각하던 유생이 다시 물었다.

"수사관님. 혹시 아까 통화 내용 중에 특별한 거 기억나는게 있었습니까?"

"아니요. 저도 그… 뭐냐… 이름하고 문제가 생겼다. 뭐 이 말 밖에는 듣지 못했는 걸요."

"전화기에선 또 아무 목소리도 안들리던가요?"

"네. 처음 기계음이 나는 것 빼고는 전혀 들리지 않았습니다."

김 수사관이 들은 것도 유생과 별 차이가 없는 듯했다.

'제기랄… 전기가 들어오기 전까진 아무 것도 못하겠어. 만약 그 전에 전화가 온다면….'

누구로부터의 전화일지, 어떤 내용일지는 몰랐다. 허나 지금까지 일어난 일들은 유생에게 공포심을 심어주기에 충분했다.

'결코 놈이 다시 풀려나선 안 돼.'

그건 유생의 패배를 의미했다. 그 순간 유생이 한 노력은 물거품이 될 테고, 모든 것은 원위치로 돌아갈 터였다.

'마동석에게 죄를 뒤집어 씌울 수는 없어.'

답답해진 유생이 뒤에 있는 기술팀에게 물었다.

"아직 멀었습니까?"

"조금만 있으면 될 겁니다. 방금 다른 인원이 메인 관리 시스템 쪽으로 내려갔습니다."

"메인 관리 시스템이요?"

유생의 물음에 기술팀은 작업을 계속하면서 설명해 주었다.

"올해 초에 검찰청 전기 공급 시스템을 최신형 자동화 시스템으로 교체했거든요. 지금까진 별 문제가 없었는데 갑자기 이러네요."

'최신형 자동화 시스템….'

전기에는 문외한인 유생은 별 생각없이 고개를 끄덕였다.

그때였다.

그의 눈 앞에 있던 전화가 울리기 시작했다. 사무실에서 항상 들을 수 있는 벨소리였지만 지금은 유난히 따갑게 들렸다.

'결국…. 진짜로 왔어.'

등줄기에서 식은땀이 흘러 내렸다.

심호흡을 한번 크게 하고는 수화기를 집어 들었다.

"네. 강력부 검사 신유생입니다."

곧 수화기에서 목소리가 흘러나왔다. 상대의 목소리를 확인한 순간 유생은 눈을 부릅뜨며 취조실을 비추는 특수 유리창을 바라보았다.

취조실에 앉아 있는 이경찬. 그는 웃으면서 전화를 하고 있었다.

'그랬던 거였나?'

그제서야 유생은 이해할 수 있었다.

이경찬이 어떻게 전기를 끊을 수 있었는지. 그리고 왜 그렇게 한 것인지를.

◇

"네. 강력부 검사 신유생입니다."

유생은 마음을 굳게 먹고 있었다. 상대가 누구든 강하게 나갈 생각으로.

허나 전화에서 들려온 목소리는 전혀 뜻밖의 사람이었다.

- 신 검사님. 기술팀입니다.

"네?"

전화 속의 상대는 기술팀 요원이었다. 그는 밝은 목소리로 말을 이었다.

- 전기 문제 해결되었습니다. 보니까 누가 원격으로 오토메이션 시스템에 접근을 했더라구요. 다시 부팅 중이니까 곧 전원 들어올 겁니다.

'원격… 접근?'

그 말을 듣는 순간 유생의 눈이 번쩍 뜨였다. 뭔가 이상하다는 것을 느낀 유생은 상대에게 물었다.

"잠깐만요. 원격 접근이라뇨?"

유생의 물음에 기술요원은 친절하게 설명해 주었다.

올해 초, 새롭게 설비된 오토메이션 시스템에는 관리자 권한으로 원격으로 전원관리가 가능하다는.

- 로그를 보니까 실수로 누군가가 전화로 명령을 내린

것 같아요.

"그러니까 비밀번호만 알고 있으면 전화로 해당 지역의 전원라인을 끌 수 있다는 건가요?"

– 네. 맞습니다. 설비 당시에 저희가 알려드렸던 사항입니다. 관리자분들은 모두 알고 계세요.

그의 말이 끝나는 순간 유생은 지금까지 커다란 착각을 하고 있었다는 사실을 깨달았다.

'이경찬… 그는 핫라인에 전화했던 게 아니었어.'

유생은 5분 전 이경찬이 자신에게 했던 행동과 말들을 돌이켜 보았다.

'전화에 대고 한 말들. 그건 애초에 아무 의미가 없었어. 의미있는 건…. 녀석의 손가락…?!'

당시 이경찬은 유생의 눈 앞에서 휴대폰을 들고 있었다. 그리고 유생은 분명하게 들었다. 휴대폰에서 새어나오는 신호음을.

'맞아. 휴대폰 신호음! 녀석이 휴대폰을 귀에 바짝 붙였다면 신호음이 나에게까지 들리진 않았을 거야!'

이제 당시의 상황이 그려졌다.

이경찬은 전화를 거는 척 하면서 엄지 손가락으로 비밀번호를 눌렀을 터.

유생이 신호음을 들을 수 있었던 것은 휴대폰과 얼굴 사이에 어느 정도 틈이 있었기 때문이었다.

'그렇게 원격으로 전원시스템에 명령을 내린 것이군.'

그 이후로는 모든 것이 놈의 뜻대로 흘러갔다.

마치 윗선에서 부린 마법처럼 카메라 전원이 꺼지고 곧 김영진 수사관이 취조실로 들어왔다.

'결국 놈이 노린 것은 그거였어.'

유생은 고개를 들어 특수유리창을 바라보았다.

취조실에 앉아 있는 이경찬은 느긋하게 웃으며 전화하고 있었다. 그 모습을 본 순간 유생은 모든 것을 이해할 수 있었다.

'이제 알겠어. 놈이 왜 그렇게 행동했는지.'

결코 서두르지 않는 남자 이경찬.

그는 처음부터 유생이 취조실 밖으로 나가게 하기 위한 계획을 세웠다. 꼬리를 잡히지 않고 접선할 수 있는 기회를 만들기 위해서.

'놈은 내가 쳐 놓은 그물을 알고 있었어.'

유생은 입술을 깨물었다.

모든 것은 놈의 계획대로 되었다. 유생은 그에게 틈을 주었고, 그는 틈을 놓치지 않았다.

그때였다.

"어? 전원 들어왔어요."

카메라와 기기의 전원이 들어오면서 일제히 부팅이 시작되었다. 사태를 파악한 김영진 수사관이 요원들을 다그쳤다.

"서둘러 주세요. 지금 바로 녹화해야 합니다."

급한 마음과는 달리 부팅속도는 더뎠다.

잠시 후 기기 램프에 녹색 등이 들어오면서 취조실 내부의 목소리가 스피커를 타고 나오기 시작했다.

– 어, 그래. 그런 일이 있었군.

아직 이경찬은 통화 중. 그는 마음놓고 상대와 이야기를 나누고 있었다.

'아직 기회가 있나?'

유생이 그렇게 생각한 순간, 김영진 수사관이 다급하게 외쳤다.

"지금입니다. 빨리 녹음하세요!"

요원들은 서둘러 녹음 버튼을 눌렀다.

허나 기기에 붉은 등이 들어온 순간 이경찬은 카메라를 정면으로 바라보며 히죽 웃었다.

그리고는 여유로운 목소리로 대화를 마쳤다.

– 응, 여보. 오늘 못 들어갈지도 몰라. 응. 그래. 아까 말했잖아. 신유생 그놈 때문이라고. 걱정하지마. 아무 일 없을 거야.

마치 들으라는 듯 또렷한 목소리로 인사를 한 이경찬은 통화를 끝냈다.

밝은 표정의 그는 이쪽을 바라보며 뭔가를 집어 들어보였다.

그것은 유생이 휴대폰에 장치해 놓았던 작은 도청장치.

'빌어먹을!'

유생은 주먹을 불끈 쥐었다.

단 10분도 안되는 시간, 유생은 완벽하게 놀아난 셈이었다.

'완전히 당했어!'

그를 이용해 추가 증거를 얻으려던 계획은 완전히 무산된 셈이었다.

거기다 놈은 이미 접선을 마친 듯했다. 그렇다면 지금 당장이라도 어떤 힘이 작용할지도 모르는 일이었다.

낙담하고 있는 유생에게 다시 속삭임이 들려왔다.

– 큭큭큭. 이런 걸로 실망할 필요는 없어. 겨우 보너스를 못받았을 뿐이야. 아직 주도권은 우리에게 있다는 것을 잊지 말라고.

'주도권?'

유생이 되묻자 장태현의 속삭임이 이어졌다.

– 놈은 아직 니가 짠 그물을 벗어나지 못했어.

'하지만 놈은 방금 윗선과 접선했을거라고.'

– 접선? 그게 어쨌다는 건데?

'뭐?'

아직 의미를 파악하지 못한 유생에게 장태현은 피식 웃으면서 설명해주었다.

– 놈이 성공했으면, 넌 지금쯤 전화를 받았을 거야. 놈을 풀어주라는 전화를 말이지.

'아직 모르는 일이야. 진짜로 올 수도 있잖아.'

유생의 말에 장태현은 비웃었다.

– 이제 불가능해, 그런 건.

장태현은 속삭였다. 왜 이경찬이 벗어날 수 없는지를.

이유를 듣는 순간 유생은 고개를 끄덕였다. 그것은 취조실에 오기 전 유생이 미리 손 써둔 일 때문이었다.

'이경찬. 화려하긴 했지만 결국 잔재주였군.'

유생의 입가에 미소가 번지기 시작했다.

그 미소는 장태현의 그것과 매우 닮아 있었다.

◇

유생은 김영진 수사관과 함께 취조실 안으로 들어갔다.

그들을 본 이경찬이 웃으면서 반겼다.

"여어. 신 검사. 이제서야 오는가. 전화는 잘 받았나 모르겠군."

"잘 받았습니다."

유생은 빙긋 웃으며 말을 이었다.

"부장님께 안부를 전해 달라고 하던데요. 전원 시스템 가지고 장난치지 말라고."

"허허허. 이 친구, 얼마 안되는 사이에 농담이 늘었구만."

이경찬이 웃자 유생도 함께 웃으며 대꾸했다.

"다 부장님께 배운 거죠. 제가 없는 사이 통화는 잘 하셨습니까?"

"덕분에 잘 했네."

이경찬은 유생에게 휴대폰을 내밀며 말을 이었다.

"아무래도 원위치는 조금 시간이 걸릴 것 같더군."

"원위치라…."

유생은 휴대폰을 집어들어 통화내역을 확인해 보았다.

'모두 지워놨군. 아예 초기화를 시켜놨어.'

통화 내역은 물론이고 저장되어 있던 모든 것이 사라졌다. 메모리 전체를 날려버린 셈이다.

그 모습을 물끄러미 보고 있던 이경찬이 말했다.

"미안하게 됐군. 내가 뭘 잘못 눌렀나봐."

'능구렁이 같은 놈!'

허나 수확이 아주 없는 것은 아니었다. 통신사에 요청한다면 전화번호 정도는 알 수 있을 터.

유생은 빙긋 웃으며 이경찬을 바라보았다.

"부장님 묘기도 봤으니 간단하게 한가지만 묻겠습니다."

"뭔가?"

유생은 눈을 빛내며 입을 열었다.

"당신의 뒤를 봐주고 있는 자가 누굽니까?"

잠시 침묵이 흘렀다.

이경찬은 어이없는 표정이 되어서는 입을 열었다.

"그걸 내가 말할 것 같은가?"

"지금 말하면 선처해 드리죠."

유생의 대답에 이경찬은 콧웃음 쳤다. 그는 기가 막히다는 듯 웃으며 말했다.

"자네 지금 나를 협박하는 건가?"

유생은 고개를 저었다.

"아니요. 버텨봤자 소용없다는 것을 말씀드리는 것 뿐입니다."

유생이 눈짓하자 김 수사관이 노트북을 꺼내어 그에게 보여주었다.

노트북 화면에서는 실시간 동영상 하나가 흘러나오고 있었다.

"이게 뭔가?"

"보시면 압니다."

유생이 볼륨을 키우자 동영상에서 목소리가 흘러나오기 시작했다. 익숙한 뉴스 아나운서의 목소리. 그 목소리는 또박또박 오늘의 빅 뉴스를 전하고 있었다.

[오늘 오후, 검찰에서는 뇌물을 수수하고 범죄 증거를 인멸하려했다는 혐의로 현직 부장 검사를 체포했다고 밝혔습니다.]

이름과 사진은 밝히지 않았지만 그것은 분명 이경찬에 대한 사건이었다.

이를 본 이경찬의 얼굴이 굳었다. 유생은 그를 보며 차갑게 웃으면서 말했다.

"윗선에선 이미 당신을 포기했습니다. 이제 돌이킬 수

없는 강을 건넜거든요."

이경찬은 답하지 못했다.

이제 웃는 자는 유생이었다. 유생은 이경찬을 보며 이전에 그가 했던 말을 그대로 돌려주었다.

"안 됐지만 부장님, 원위치는 물건너 갔습니다. 꿈도 꾸지 마십시오."

그의 말은 비수처럼 날아가 이경찬의 가슴에 꽂혔다.

유생은 그런 그의 어깨를 두드리며 말했다.

"어차피 가는 거 다 불고 가면 좀 덜 억울할 거 아닙니까. 솔직히 이 사건, 위에서 내려온 일이잖아요."

유생은 노트북을 정리하고는 김 수사관에게 맡겼다.

그리고 방을 나서며 한마디 덧붙였다.

"기다리겠습니다. 결정은 빨리 하셔야 할 겁니다. 한지연 선배가 이 사건 엄청 빨리 처리할 생각인 듯 하거든요."

그 말을 끝으로 문은 닫혔다.

◇

취조실.

상 위에는 수사관들이 시켜 준 짜장면이 식어가고 있었다.

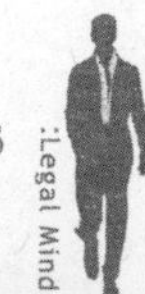

이경찬은 한 젓가락도 입에 대지 않고 자신의 상황을 곱씹어 보았다.

'어쩐지 목소리가 안좋다 했어.'

방금 전 통화.

가까스로 연결된 핫라인에서 그의 '윗선'은 난색을 표했다.

– 무리야. 이 건은 애초에 자네에게 지시한 건이 아니지 않은가?

– 하지만… 부탁드립니다. 제가 지금까지 해 온 걸 생각해 주십시오.

– 일단 최선을 다해보겠네. 하지만 장담은 하지 못해. 정신 똑바로 차려야 해.

– 그럼 언제쯤에나 나갈 수 있습니까?

– 기다려 보게.

'기다리라….'

지금까지 윗선에서 그렇게 말하는 것을 들어본 적이 없었다. 그들은 언제나 시간을 정확하게 통제하고 있었으니.

통화 당시엔 그렇게 미적지근한 이유를 몰랐으나 이젠 알 것 같았다.

'결국 이것 때문이었군.'

한지연 검사의 기자회견.

그것은 치명적이었다. 이미 언론에 노출된 이상 그들이 손 써줄 리는 없었다.

'나 같은 자를 위해 위험을 감수할 이유는 없겠지.'

그들과 접촉한지는 벌써 10년.

그랬기에 이런 경우에 그들이 어떤 식으로 일을 처리하는 지 잘 알고 있었다.

'잘린 꼬리. 이제 내가 그 신세군.'

이경찬은 크게 한숨 쉬었다.

이제 그 앞에 닥친 현실을 받아들여야 했다.

'신유생… 그저 병아리인 줄만 알았는데….'

놈의 수완은 예상을 뛰어넘는 것이었다.

6개월차 검사라고는 상상도 할 수 없을 정도로.

'위에서는 왜 그런 녀석에게 청탁을 내렸을까.'

사실 강남 나이트 사건은 그들이 내린 것이 아니었다. 그건 말 그대로 개인적으로 받은 청탁이었다.

어떻게 해결할지 고민하던 차에 위에서 유생을 골라 청탁을 내린 것.

이경찬은 그들의 청탁에 자신의 것을 끼워넣었다.

'따지고 보면 자업자득이군.'

결과적으로 그것은 엄청난 실수였다.

그러니 위에서 미적지근하게 보는 것은 당연했다. 구해준답시고 손을 잡았다가 애꿎은 사건에 휘말릴 수도 있었다.

'별 수 없어. 이젠 나 자신만을 믿어야 해.'

이경찬의 눈빛이 달라졌다.

이럴 것을 대비해 그는 한 군데에 더 전화를 넣었다. 완전한 그의 우방에게.

'내 20년 경력이 이대로 무너지는 걸 보고 있지만은 않을 것이다.'

그는 젓가락을 집어들어 짜장면을 비비기 시작했다.

다 식어서 굳어버린 짜장면.

대충 비빈 짜장면을 입에 우겨넣는 이경찬의 모습은 괴기스러웠다.

이채를 띈 그의 눈빛은 아직 비장의 한 수를 숨기고 있었다.

다음 날 이경찬 사건은 일간지 헤드라인을 장식했다.

[현직 검사 체포 구속!]

[서울중앙지검 부장검사 뇌물받고 범죄 은폐 시도]

[부장검사가 받은 수십억대 그림, 누구에게 받았나]

일간지뿐만 아니었다. 인터넷 포털과 SNS등에서 관련된 소문들이 무성하게 퍼졌다.

그 중에서도 누리꾼들이 입에 가장 많이 오르내린 것은 기자회견을 했던 한지연 검사에 대한 이야기였다.

– 현직부장검사가 뇌물 먹은 건 별로 놀랍지 않지만, 40대 여검사가 저렇게 예쁜건 놀라운 일이다.

– 우리나라 모든 여검사가 저렇다면 나는 빨리 사법고시를 준비해야겠어.

– ㄴㄴ. 이제 사시 폐지됨. 로스쿨을 가야지.

– 된장. 이제 로스쿨 갈 돈 없으면 검사도 못하는 건가.

– 돈 없으면 아무것도 못하는 더러운 세상.

동시에 뇌물로 받았다는 그림에 대해서도 화제였다.

가로세로 2미터도 안되는 그림이 10억이 넘는다는 사실에 누리꾼들은 호기심과 분노를 드러냈다.

– 종이에 금칠을 했나. 무슨 그림 한 장에 10억이 넘어?

– 종이에 금칠해도 10억 택도 없음. 그리고 종이가 아니라 비단에 그린 거라함.

– 추정시가는 25억 정도. 운보 김기창의 청록산수임. 이미 죽은 사람 그림이라 가격은 계속 올라갈 거임.

– 운보? 운보는 바보산수 그린 사람아냐?

– 운보 선생이 젊은 시절 그린게 청록산수래요. 몇점 없어서 가격도 훨씬 높게 쳐준다네요.

– 진짜 명작이네. 한 장만 가지고 있어도 인생 명작되는….

사건의 본질에 대해서 파고드는 이들도 있었다. 그들은 집요하게 정보를 캐내어 이경찬의 신상을 털기도 했다.

– 헐. 대박. 완전 진골이네. 경복고 서울대 나와서 사시합격. 작년에 인천지검에 있다가 1년만에 서울중앙지검 강력부 부장으로 올라왔어. 완전 파워 막강한데?

– 인상은 완전 선하게 생겼어. 법무부장관상에 대통령상까지 받은 경력이 있구만.

– 이번 사건 털면 아주 제대로 나오겠다.

– 에이. 설마 제대로 수사 하겠어? 특검이 하는 것도 아니고 검찰 내부에서 하는 건데.

– 하긴 언론에서 반짝하다가 쥐도새도 모르게 판결나겠지. 징역3년 집행유예 5년 이렇게.

– 집행유예는 무슨. 벤츠여검사 사건 때 못봤어? 바로 항소해서 무죄로 풀려 나오겠지.

누리꾼들은 대부분 현직 검사에 대한 수사가 제대로 진행될 리 없을 거라 예상했다.

그들은 모두 기억하고 있었다. 떡검사, 벤츠여검사, 그랜저검사 등의 사례가 결국엔 어떻게 결론이 났는지.

지금까지 전례가 그러했기에 이번 사건 역시도 크게 다르지 않을 거라 예상했다.

◇

"이경찬 검사의 뇌물 수수. 이 사건도 지난 검사 비리 사건과 크게 다르지는 않습니다."

유생은 상대에게 두툼한 서류봉투를 밀어 주었다.

너부대대한 얼굴에 가는 눈매의 남자.

그는 MBS방송의 PD 최영수였다.

최영수는 봉투에서 서류를 꺼내어 천천히 확인하면서 입을 열었다.

"이런 정보를 제게 주시는 이유가 뭐죠?"

"그야 물론… 지난 사건들처럼 끝나지 않게 하기 위해서죠."

유생은 최영수와 눈을 마주치며 말을 이었다.

"지금까지 수많은 검사들의 비리 사건이 있었습니다. 과거 대부분은 기소조차 하지 않았죠. 어떤 사건이 일어나기 전에는 말입니다."

최영수는 웃으면서 유생의 말에 대답했다.

"스폰서 검사 사건을 말씀하시는 거군요."

스폰서 검사 사건.

수십년간 검사들 스폰서 역할을 하던 한 기업체 사장이 그때까지 자신이 접대하고 지원했던 검사들의 명단을 폭로했던 사건이었다.

당시 MBS의 한 프로그램에서 그 내용을 집중적으로 파헤치면서 전국적으로 이슈가 되었다.

"맞습니다."

유생이 동의하자 최영수 PD는 커피 한 모금을 마시고는 입을 열었다.

"물론 방송이 나간 뒤에 특검팀이 조성되기도 했습니다. 그리고 저희가 의혹을 제기했던 검사들에 대한 수사가 시작되었죠. 하지만 결과는 좋지 않았습니다."

"압니다. 모두 무죄가 되었죠. 하지만 중요한 것은 당시 의혹을 받았던 모든 검사들은 옷을 벗었다는 것입니다."

유생은 눈을 빛내며 말을 이었다.

"그것뿐입니까? 벤츠여검사, 그랜저검사 등등 이런 검

사 비리 사건은 예전엔 거론조차 되지 않던 사건이었습니다. 그냥 내부에서 덮어버리는 게 관행이었지요.

허나 이젠 매년 꼭 터지는 사건이 되었습니다. 검찰에서도 더이상 그들의 비리를 그냥 넘어갈 수 없게 된 것이죠. 이렇게 바뀐 건 그때 방송의 역할이 컸습니다."

최영수 PD는 그 프로그램을 기획했던 자였다. 허나 최영수는 씁쓸하게 웃으며 답했다.

"말씀하신 그 건들도 항소심에서는 모두 무죄가 나왔습니다."

"알고 있습니다. 그렇기 때문에 PD님과 만난 것 아니겠습니까?"

유생의 자신감에 찬 목소리에 최영수는 그의 눈을 바라보았다.

푸른 기운이 서린 빛나는 눈동자. 그곳엔 말로 설명할 수 없는 의지가 느껴졌다.

"검찰은 스스로에게 칼을 댈 수 없습니다. 그렇기에 언론이 필요합니다."

"결과는 장담할 수 없습니다."

최영수의 말에 유생은 희미한 웃음을 지었다.

"스폰서 검사 때처럼만 해주십시오. 나머진 저희가 하겠습니다."

허나 최영수는 쉽게 답하지 못했다.

2년전 그 방송을 준비할때 당했던 일들이 떠올랐기 때문이었다.

"확실한 증거가 없으면 힘듭니다. 그때 저희도 아주 많이 힘들었어요."

검사로부터의 압박은 상상을 초월하는 것이었다.

명예훼손으로 기소하겠다는 것부터 시작해서, 취재중인 피디와 카메라맨을 긴급체포해 꼬박 하루 동안 유치장에 있었던 적도 있었다.

그때를 떠올린 최영수는 유생에게 물었다.

"수사는 어느 정도 진행되었습니까?"

"80%정도. 뇌물로 받은 그림의 출처도 확인했고, 증거를 인멸했다는 정황도 모두 확보해 놓았습니다."

최영수는 서류를 꺼내 유생의 말을 확인해 갔다. 한장 한장 검토하던 그가 입을 열었다.

"남은 건 청탁의 유무와 대가성 여부겠군요."

"네."

최영수는 한숨을 쉬고는 생각에 잠겼다.

서류 안에는 그가 우려한 것보다 많은 증거들이 있었다.

국과수와 합작해 조작한 시체 부검서와 유전자 감식 보고서. 그리고 누군가에게 받았다고 밖에는 생각할 수 없는 고가의 미술품.

허나 그것으론 부족했다. 수뢰죄는 대부분 법정에서 대

가성 여부를 검증하는데 실패해 무죄판결을 받게 된다.

최영수는 고개를 저으며 입을 열었다.

“이것으론 방송할 수 없습니다. 만약 방송이 나갔는데 증거불충분으로 무죄가 선고된다면 방송사에도 불똥이 튀기 때문입니다. 대가성 여부를 입증할 수 있는 증거가 없다면 저희로선 그 위험을 감수하기가 껄끄럽네요.”

유생은 최영수를 보며 말했다.

“피디님. 생각보다 소심하시네요. 방송에서 볼 땐 안그랬던 것 같은데.”

최영수가 힘없이 웃자 유생은 강한 어조로 말을 이었다.

“수사를 하고 있는 현직 검사보다 수사를 받고 있는 부장검사가 더 두렵다 그 겁니까?”

최영수의 작은 눈에서 반짝 빛이 났다.

허나 그의 입에서는 다른 말이 흘러나왔다.

“저희는 못합니다. 다만… 한가지만 말씀드리죠.”

그는 유생에게 작은 명함 한장을 내밀며 말을 이었다.

“이 사건, 작지 않습니다. 그래서 저희가 못하는 겁니다.”

유생은 그가 내민 명함을 보았다. 거기엔 TKBC라는 케이블TV에 소속된 피디의 이름이 적혀 있었다.

최영수는 유생을 보며 다시 입을 열었다.

"그 자라면 할 겁니다. 설사 증거가 없더라도 말이죠. 그럼 건투를 빌겠습니다."

그는 유생에게 받았던 봉투를 다시 내려놓고는 자리에서 일어났다. 그가 밖으로 나간 뒤에야 유생은 그가 말한 의미가 어떤 것인지 감이 잡혔다.

'공중파 방송사에는 벌써 압력이 들어갔구나.'

유생은 착잡한 표정으로 최영수가 남기고 간 명함을 보았다.

TKBC의 총괄 피디 김경환.

평균 시청률 2%도 안되는 작은 케이블 방송사였지만 유생에겐 자신에게 힘을 실어줄 언론이 필요했다.

'별 수 없나?'

유생은 그와 만나보기로 결심했다.

검찰 내부의 비리를 잡아내기 위해 그에게 주어진 카드는 그것 밖엔 없었다.

◇

구치소 생활을 시작한지 벌써 보름.

마동석은 자신도 모르는 사이 환경에 적응해 갔다.

아침 6시에 기상에 6시 반 점호.

8시 40분에 나오는 아침 식사를 하고나면 어김없이 장기를 두며 시간을 보냈다.

"장입니다!"

"으악, 뭐야? 외통수네?"

"하하하. 이겼으니까 약속대로 이 담요는 오늘부터 제가 쓸께요."

"무슨 소리! 외통이면 한 수 물르는 거야!"

"감방 장기에서 그런게 어딨어요. 어서 주세요, 담요."

머리회전이 빠른 마동석은 날이 갈수록 장기 실력이 늘었다.

덕분에 내기 장기에서도 종종 이겨 다른 수감자들에게 용돈을 받아내기도 했다.

"헐… 도사 다됐어, 이 친구. 꼭 내기 장기에서만 이기네?"

"운이에요, 운. 어젠 완전하게 졌잖아요."

매번 이기면 자신과 장기를 두지 않을 거라는 것을 알았기에 마동석은 중요한 판에서만 실력을 발휘했다.

수감자들과의 사이도 많이 돈독해졌다.

이야기를 많이 나눴기 때문에 각자의 사정을 많이 알게 되기도 했다.

"아저씬 이제 내일이면 재판 시작되겠네요. 떨리시겠어요."

"1억짜리 변호산데 자기가 한 말은 지키겠지."

"하긴… 그 정도 변호사라면 믿어도 되겠죠. 근데 그 1억, 아저씨가 전부 내신 거에요?"

"그럴리가 있냐."

수번 3546 신일평. 그는 주위에 있는 일곱 명을 돌아보면서 말을 이었다.

"우리가 전부 돈 모은 거야. 저 쪽에 동팔이가 3천 내고 나머진 천만원씩 냈지."

"그렇군요. 여튼 내일 잘 되길 빌께요."

"말이라도 고맙다."

신일평은 빙긋 웃고는 자신에게 배달된 신문을 펼쳐 보았다.

검열로 인해 군데군데 구멍 뚫린 신문이었지만 수감자들에겐 더할나위없이 좋은 읽을 거리였다.

"어허… 뭔가 있긴 있었나 본데?"

"네? 뭔데요?"

동석이 다가오자 신일평은 오피니언란을 가리키며 말을 이었다.

"이 사람 칼럼을 보니까 얼마 전에 현직 검사가 뇌물 수수 혐의로 체포되었대."

"헐."

"현직 검사가?"

"대박."

주변은 놀랍다는 표정을 지었고 누군가 격하게 말했다.

"잘됐네. 이참에 검사놈들 싹 다 버릇을 고쳐놔야 해."

"이 놈들 아직도 지들이 왕인 줄 안다니까?"

"맞아. 세상이 어느 땐데. 지금은 굽신거리면서 뇌물 주는 시대가 아니라고."

그들의 격한 반응에 동석이 말렸다.

"왜들 그러세요. 모든 검사가 다 그런 건 아니잖아요. 예전에 아는 형 이야기 들어보니까 검사 일 진짜 힘든 거 같던데요."

신일평은 고개를 저으며 말했다.

"에잉. 니가 몰라서 그러는 거다. 우린 검사놈들 일 편하게 하는 거 다 알아."

"네? 일을 편하게 하다니요?"

동석의 물음에 이번엔 다른 수감자가 대답했다. 아까 신일평이 동팔이라고 불렀던 자. 그는 아직도 이가 갈린다는 표정으로 입을 열었다.

"이놈들 연말되면 실적 정산하거든. 이때 실적 채워넣을려고 어떻게 하는지 아냐?"

동석이 고개를 젓자 그는 격한 목소리로 말을 이었다.

"예를 들어 니가 보이스피싱인가 뭔가를 했다고 쳐. 그럼 니 이름으로 난 전국의 다른 사건을 죄다 검색해서 가져오는 거야."

"네? 그냥 같은 이름으로요? 동명이인이 했을 수도 있잖아요."

"내 말이 그거야. 동명이인일 수도 있고, 성공하지 못한 경우도 있어. 근데 그 신고 들어온 명단을 전부 다 들고 와서는 나한테 뒤집어 씌운다니까?"

옆에 있던 수감자도 거들었다.

"생각해봐라. 보이스피싱 한 오백만 원 해서 걸렸는데 만약 니 이름이 '김미경' 이라고 해 봐."

주변에서 모두들 킥킥 거렸다.

'김미경 팀장' 이 보낸 문자를 받은 적이 있다면 누구든 어떤 일이 일어날지 충분히 예상할 수 있었다.

"아주 좆되는 거지. 오백 만 원 해먹고 수백억짜리 경제사범되는 거라니까?"

"사실이 아니라고 주장하면 되잖아요."

동성의 물음에 모두들 고개를 저었다.

"그게 내가 아니라는 걸 어떻게 입증해? 그냥 법정에서 검사가 그렇다면 그런거지."

"맞아. 비싼 민선 변호사 쓰지 않으면 그거 벗어나기 힘들다. 진짜야."

그의 말에 옆에서도 거들었다.

"나도 당해봤어. 5년 전에 내가 신길동에서 신분증 위조를 했는데, 그때 서울에서 일어난 모든 신분증 위조를 내가 다 뒤집어 씼다니까?"

거짓이라고 하기엔 너무나도 진솔한 표정들. 그들이 하는 말은 들으면 들을수록 점입가경이었다.

'실적을 채우기 위해 미결 사건을 뒤집어 씌운다니… 그게 검사가 할 일이야?'

동석으로선 이해할 수가 없었다.

신일평은 인상을 푹 쓰면서 말을 이었다.

"그놈의 실적주의가 문제야."

"그래. 실적주의. 범인 잡는 걸 실적이라고 달아놓고 검사들을 쪼니까 짓지도 않는 죄까지 뒤집어 써야 하잖아."

'실적주의.'

그제서야 동석은 검사들이 그러는 이유를 알 수 있었다. 조직에 들어간 이상 조직이 내건 목표를 달성해야 하는 것은 기정 사실이었다.

'나는 그런 검사가 되지 않을 거야.'

범인을 잡는 것도 중요하지만, 그들이 짓지도 않은 죄를 자신의 실적을 채운다는 명목으로 뒤집어 씌워서는 안된다.

동석이 그렇게 다짐할 때였다.

그를 물끄러미 보고 있던 신일평이 말했다.

"그러고보니 동석이 너. 여기 들어온지 얼마나 됐지?"

"보름이요."

매일 날짜를 세기 때문에 착오는 없다. 오늘은 수감된지 정확히 보름째되는 날이었다.

신일평은 고개를 갸웃거리며 말을 이었다.

"그동안 신문도 한번 안 받았지?"

"네."

동석이 끄덕이자 주변도 이상하다는 듯 갸웃거렸다.

"이상하네. 지금쯤 부를 때가 됐을 텐데."

"기소 되었으면 재판 일정이라도 나와야 할 텐데."

그때였다.

감방 문밖에서 간수의 목소리가 들려왔다.

"3477번. 검찰 조사다. 나와."

'조사!'

마동석은 이를 악물었다.

자신이 저지르지도 않은 이번 사건.

그는 마음을 다잡았다. 검사가 어떻게 묻건 결백을 주장할 생각이었다.

◇

서울중앙지검 형사부.

이른 아침이었지만 유생의 사무실에서는 이야기소리가 새어나오고 있었다.

"그림 검사 사건. 저도 관심이 있어서 조금 찾아봤는데 아주 재미있더군요."

사무실에서 유생과 마주보고 있는 이는 TKBC의 김경환 피디였다.

작은 체구에 야무져 보이는 인상.

그는 벗겨진 머리 위로 얼마 남지 않은 머리칼을 쓸어 올리면서 말을 이었다.

"기자회견 이후에 방송사들은 모두 침묵하고 있는 반면, 신문에서는 아주 난리를 치고 있죠. 이것이 무엇을 뜻하는지 알고 계십니까?"

유생이 잠자코 있자 김경환은 웃음을 가득 띠며 말했다.

"방송과 신문을 잡고 있는 두 개의 라인이 충돌하고 있다는 겁니다."

"두 개의 라인이라구요? 방송과 신문은 같은 언론사 아닌가요?"

옆에서 듣고 있던 김영진 수사관의 질문이었다. 김경환은 고개를 저으며 대답했다.

"천만에. 이 나라의 언론은 세 개로 보면 됩니다. 방송, 신문, 그리고 우리 같은 케이블. 그들은 각자 철저히 분리되어 있고 다른 계통을 가집니다. 심지어는 서로 정보공유도 안하지요."

듣고 있던 유생의 눈빛이 빛났다. 그의 말에서 한 가지 힌트를 얻었기 때문이다.

"방송과 신문이 각자 개별적으로 움직인다. 이 사실만으로도 사건 양측에 선 이들의 배후가 어느 쪽인지 알 수 있다는 말이군요."

"맞습니다."

김경환은 히죽 웃으며 말을 이었다.

"기소를 담당한 형사2부장 김형돈은 신문 쪽 라인, 그리고 기소 당한 이경찬은 방송쪽 라인을 타고 있다는 것이죠."

유생은 김경환의 안목에 감탄했다.

'단지 그것만으로 김형돈과 이경찬의 배후를 짐작할 수 있다니.'

MBS 최영수가 왜 이 자를 소개했는지 알만했다.

'이 자는 어쩌면 더 많은 것을 알고 있는지 몰라.'

"각 라인의 맨 위에는 누가 있는지 아십니까?"

유생은 불쑥 질문을 던졌다. 평소 알고 싶었던 핵심을.

김경환은 히죽 웃으며 유생과 눈을 마주쳤다. 마치 마음을 들여다 보는 것처럼. 그리고는 고개를 저었다.

"그건 저도 모릅니다. 다만…."

"다만?"

"지금 상황은 아주 좋지도 않지만 그리 나쁘지도 않다

고 말씀드리고 싶군요."

"그게 무슨 말입니까?"

"즉, 검사님이 원하는 작품 정도는 만들 수 있다는 겁니다."

유생은 흥미로운 듯 미소를 지으며 다시 물었다.

"제가 원하는 게 뭔지 아십니까?"

"그야 당연히… 이번 재판에서 이겨서 이경찬을 쳐 넣고 싶은 것 아닙니까?"

당연하다는 표정으로 그는 단숨에 정곡을 찔렀다. 허나 유생은 의심스럽다는 투로 입을 열었다.

"그게 가능하겠습니까? 솔직히 TKBC는 너무 작은 매체 아닙니까?"

"물론 우리는 평균시청률 2%도 유지하지 못하는 작은 케이블 방송국이죠. 그렇다고 무시하시면 곤란합니다."

그는 각진 금색 안경테를 치켜올리며 말을 이었다.

"방송이란 것은 하나가 움직이면 같이 움직이는 겁니다. 우리가 움직이면 케이블은 함께 움직일 수 밖에 없죠."

"하지만 케이블이 움직인다고 지상파 방송국이 움직이진 않던데요."

유생의 지적에 김경환은 빙긋 웃으며 대답했다.

"역시 예리하십니다. 하지만 한 가지를 놓치고 계시네요?"

"한가지?"

"이번 사건을 둘러싸고 있는 상황 말입니다. 여기에서 우리 케이블은 혼자 떠드는 게 아닙니다. 신문과 방송은 각자 김형돈과 이경찬의 편에서 있습니다. 신문은 가만히 놔둬도 알아서 떠들겠죠. 거기에 우리 케이블은 단지 거들 뿐입니다.

생각 해 보세요. 아침마다 조간 신문에서 부장검사의 비리를 담은 기사들이 쏟아져 나오고, 인터넷 포털도 그 이야기로 가득할 겁니다. 거기에 점심시간 때 직장인들은 케이블 채널을 틀어놓은 음식점에서 그 이야기를 보면서 밥을 먹겠죠.

또 이야기는 얼마나 좋습니까? 무소불위의 권력을 쥐고 있는 서울중앙지검 부장검사가 뇌물을 받았다는 혐의로 잡혀들어갔다니.

거기다 세상이 점점 살기 힘들어지는 것을 몸소 느끼고 있는 국민들이 이런 이야기에 가만히 있겠습니까? 그들이 한마디씩 씹고, SNS에 실어나르고 하면 그게 이슈가 되는 겁니다.

이제 세상이 바뀌었습니다. 이슈를 만드는데 지상파 방송은 필요조건이 아닙니다.

그리고 이렇게 이슈가 만들어졌을때 과연 지상파가 가만히 있을거라 보십니까?"

언론플레이.

김경환은 그 본질을 정확히 알고 있었다. 그는 손가락 두 개를 펼쳐들며 말을 이었다.

"필요한 건 두가집니다. 검찰 혹은 여타 다른 세력의 압력을 피하는 것과, 재판 도중에 혹시라도 있을지 모를 검찰 내부의 타협이 발생하지 않도록 긴장감을 유지하는 것.

이것만 지켜지만 검사님은 원하는 것을 가질 수 있죠. 그리고 제가 원하는 것은…."

그는 다시 히죽 웃으면서 입을 열었다.

"이번 작품을 멋지게 만들어서 우리 방송국의 시청률을 올리는 것과 동시에 제 몸값을 올리는 거죠."

김경환의 웃음에는 날이 서 있었다. 그는 허기진 동물이 먹잇감을 바라보듯 이 사건을 보고 있었다.

위험한 기운이 풍기긴 했지만 유생은 그 점이 마음에 들었다.

"피디님이 보시기에 이 작품, 잘 될 것 같습니까?"

"물론 지금도 충분히 재미있습니다만…."

김경환은 손가락 하나를 치켜 올리며 말을 이었다.

"한 가지가 더 필요합니다. 드라마가 제대로 완성되기 위해서 필요한 가장 중요한 것."

그의 눈빛이 이채를 띄었고, 유생은 그 의미를 정확히 이해했다.

"클라이막스군요."

"역시, 검사님은 저와 잘 맞는 것 같네요."

김경환은 다시 어린아이처럼 히죽 웃었다. 그는 테이블 위에 놓인 서류 한 장을 가리키며 입을 열었다.

"검사님께서 보여주신 이 자료를 주욱 보면 가장 중요한 한 가지가 빠져 있습니다. 이경찬이 뇌물을 받았다는데, 과연 누가 준것인가? 그리고 왜 준 것인가?"

김경환은 작은 눈을 치뜨며 유생에게 물었다.

"당연히 여기에 대한 수사는 되어 있겠죠?"

그에게 답한 것은 김영진 수사관이었다.

"그림의 전 소유자는 알아냈습니다. 한국미술품감정원에서 보내온 답변서에 보니 화신 아트홀에 소장되어 있던 그림이라더군요."

"화신 아트홀이라면… 그림은 신화그룹 소유였다는 이야긴데…."

잠시 턱을 긁던 김경환의 눈빛이 빛났다. 신화그룹이 연루되었다는 것은 보통 일이 아니었으므로.

"이거 아주 제대론데…."

"뭔가 감이 잡히는게 있나요?"

"흠…."

그는 대답하지 않다가 오히려 유생에게 되물었다.

"그럼 이경찬은 그림을 받은 대가로 누구를 숨겨주려

했던 겁니까?"

유생이 눈짓하자 김영진 수사관은 사진 한장을 내밀었다.

지난밤 CCTV를 검토하면서 확보한 사진. 그곳에는 화장실에서 경찰에게 붙잡혀 나오는 한 청년이 찍혀 있었다.

사진을 들여다 보던 김경환은 고개를 갸웃거리며 말했다.

"이자가 누굽니까?"

"이제부터 확인해 볼 참입니다."

그때 노크소리와 함께 사무실 문이 열렸다.

문에서 들어온 것은 사법경찰관들과 함께 들어온 마동석이었다.

사무실에 들어온 마동석은 한눈에 유생을 알아보았다.

"당신은… 그때…."

고시원 면접을 보러 갔을 때 태수와 함께 있던 자.

그 앞에서 어설프게 법 논리를 들이댔다가 완전하게 깨졌다.

"오랜만이다, 마동석."

유생이 손을 내밀자 동석은 믿기지 않는 듯한 표정으로 그의 손을 잡았다.

"당신이… 내 담당 검사?"

유생이 빙긋 웃으며 끄덕이자, 동석은 더이상 말을 잇지 못했다.

◇

고개를 숙인 마동석은 굳은 얼굴로 입을 열었다.

"검사님. 전 안 그랬습니다."

"알고 있어."

유생은 그를 데리고 온 사법 경찰관에 문서 한장을 건네주며 말했다.

"지금 이 친구 불기소처분할 거니까 오늘 안으로 나갈 수 있도록 준비해 주세요."

"네."

유생의 말은 동석을 놀라게 하기에 충분한 것이었다.

놀라서 아무 말도 못하고 있는 그에게 유생이 말했다.

"조금 일찍 처리했어야 했는데 미안하다."

"아, 아니요. 근데 어떻게 그걸…."

유생은 미소지으며 입을 열었다.

"태수 형한테 연락받고, 재수사를 해 봤어. 경찰의 증언과 증거. 모두 네가 아닌 다른 사람이 범인이라고 가리키고 있더군."

"그럼 진짜 범인은 잡은 건가요?"

"아니."

유생은 바짝 다가 앉으며 말을 이었다.

"그래서 네게 한 가지만 물어볼려구."

동석 앞에 내민 사진 한 장. 그곳에는 경찰에게 끌려나오는 한 청년이 찍혀 있었다.

배경에 나타난 선명한 문양 때문에 그 사진이 어디서 찍혔는지 동석은 한번에 알 수 있었다.

"강남 나이트 클럽이네요."

"맞아. 너 이 사람 누군지 알고 있니?"

동석은 사진을 가만히 들여다보았다.

화장실에서 경찰들에게 잡혀 끌려나오는 한 청년.

주변은 어두웠지만 화장실에서 새어나오는 불빛 덕분에 얼굴은 제법 선명했다.

잔뜩 찌푸린 표정에 입술 옆에 난 커다란 점.

동석은 그 얼굴이 누구인지 알아보았다.

"신종호."

"신종호?"

그 이름이 나오자 제일 먼저 반응한 건 김경환 피디였다.

"신종호라면 신화그룹 막내아들 아니야?"

김경환은 확인하려는 듯 다시 물었다.

"신종호가 정말 맞습니까? 확실한 건가요?"

김경환을 모르는 동석은 대답해도 좋은지 확인하려는 듯 유생을 보았고 유생은 고개를 끄덕였다.

"네. 확실해요."

마동석은 끄덕이며 말을 이었다.

"총무 생활할 때 아저씨가 가지고 있던 사진을 봤어요. 신문에 나왔던 사진이요."

"좀 자세히 이야기 해줄래요?"

김경환의 물음에 마동석은 이야기를 시작했다.

"제가 있던 고시원 주인 아저씨는 8년 전 아들을 잃었어요. 당시 살인 용의자가 신종호였는데 무죄판결을 받고 풀려났죠. 아저씨는 아직도 그걸 마음에 두고 있어서 간혹 술마실 때면 그때 신문을 보여주시며 말씀하시곤 했어요. 그래서 분명히 기억하고 있습니다. 신종호의 얼굴을…."

뒤에서 김영진 수사관의 목소리가 들려왔다.

"신종호가 맞는 것 같습니다."

그는 신상명세를 뽑아와 내밀었다.

사나워 보이는 눈매와 입술 옆에 난 두툼한 사마귀. 인상착의로 보아 CCTV 사진 속 인물과 똑같았다.

이를 확인한 김경환은 기가 막히다는 표정으로 말했다.

"와… 진짜네. 강남 나이트 살인 사건의 진범은 신종호. 이 사실이 언론에 퍼지는 걸 신화그룹은 원하지 않았을테고… 결국 이를 무마하기 위해서 이경찬에게 청록산수를 보낸 거였어."

석연치 않았던 모든 의문들이 풀어지는 순간이었다. 그룹의 막내아들을 지키기 위한 것이라면 수십억대의 그림이 오가는 건 당연한 일.

유생은 회심의 미소를 지으며 입을 열었다.

"이제 드디어, 퍼즐의 마지막 조각이 맞춰졌군요."

유생은 거침없이 지시했다.

"수사관님. 지금 당장 신종호의 신병을 확보하세요. 국내에 없으면 인터폴에 요청해서라도 찾아내십시오. 그리고 찾거든 경찰에서 확보한 지문과 국과수에 보관된 정액 요청해서 일치여부 확인해 주시구요."

"네, 알겠습니다!"

그리고 유생은 마동석에게도 부탁했다.

"동석아. 이번 공판 때 증인으로 출석해 줄 수 있겠니?"

"물론이죠."

마동석이 흔쾌히 승낙하자 이어서 김경환을 보며 물었다.

"이 정도면 되겠습니까?"

그가 빙긋 웃으며 끄덕이자 유생은 그에게 악수를 청했다.

"좋은 작품 기대하겠습니다."

유생은 웃었다.

이제 이경찬 뇌물수수 사건의 공판은 일주일 뒤.

필요한 것은 모두 갖추었다.

그리고 신종호까지 체포한다면 강남나이트클럽 살인사건 역시도 해결될 터.

'전부 다 이겨주겠어.'

유생은 승리를 자신하고 있었다.

이제 모든 것은 그에게 미소 짓고 있었다.

제 23 장

: 진실 그리고 진실

NEO MODERN FATASY STORY & ADVENTURE

변호사

깊은 밤, 차량이 뜸한 마포대교 위를 두 사람이 걷고 있었다.

한명은 노랗게 머리를 물들인 청년이었고, 다른 한명은 차가워 보이는 인상의 중년 남성이었다.

남자가 말없이 걷고 있던 중 옆 난간에서 뭔가가 스윽 지나갔다.

[무슨 고민있어?]

난간에 적힌 글귀들.

언제부터인가 마포대교에 투신자가 많아지면서 이를 예방하기 위해 적어두었다는 글이었다.

'재미있군.'

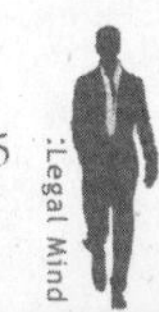

남자는 글귀들을 읽으며 계속 걸어나갔다.

[별일 없지?]

[잘 지내지?]

[다 그런거지 뭐.]

[많이 힘들었구나.]

비관에 빠진 사람을 위로하려는 듯 난간은 친구처럼 말을 거는 것 같았다.

이곳을 지나면서 남자는 옆에서 함께 걷고 있는 청년의 얼굴을 관찰했다. 글귀를 써놓은 목적이 무색하게도 청년은 걸음을 옮길 때마다 하얗게 질려갔다.

"괜찮으십니까?"

남자의 물음에 청년은 말없이 고개를 끄덕였다. 허나 그렇지 않다는 것은 쉽게 알 수 있었다.

'괜찮을 리가 없지.'

사실 청년은 이 길을 두번째 걷는 셈이었다.

첫번째 지날 때 그는 혼자가 아니었다. 그는 자신의 '친구'와 함께 이 다리를 건넜다.

그때도 난간의 글귀들은 똑같이 그들에게 말을 건넸고, 결국 절대 묻지 말아야 할 것을 묻고 말았다.

'여기군.'

남자는 난간에 쓰인 어떤 글귀 앞에 섰다. 그곳에서 난간은 이렇게 묻고 있었다.

– 수영 잘해요?

남자는 뒤에서 멀찍이 서 있는 청년을 돌아보았다.

잔뜩 얼어 있는 청년은 남자와 눈이 마주치자마자 떨리는 목소리로 입을 열었다.

"구, 궁금했을 뿐이에요."

남자는 답하지 않았다. 그냥 보고만 있었을 뿐.

허나 청년의 입에서는 터진 물꼬처럼 말이 쏟아져 나왔다.

"진짜라구요. 그냥 궁금했어요. 여기에 수영 잘하냐고 적혀 있길래 갑자기 궁금해진거 뿐이라구요. 진짜로 여기서 떨어지면 죽는 건지. 죽는다면 왜 죽는 건지. 수영을 잘하면 안죽을 수도 있는것 아닌지…."

횡설수설하는 그의 말을 끊으면서 남자가 물었다. 더없이 차갑고 담담한 목소리로.

"그래서 친구 이상영에게 시킨 겁니까? 여기서 한번 떨어져 보라고?"

"넙치…."

죽은 이상영을 그는 넙치라고 불렀다. 그에게 넙치는 친구가 아니라 부하였다.

"난 시키지 않았어요. 우린 그냥 내기를 했을 뿐이에요."

청년은 넙치에게 제안했다. 여기에서 떨어져서 살아난다면 1억을 주겠다고.

넙치는 돈이 궁하진 않았지만 1억 정도라면 해 볼만한 내기라고 생각했던 것 같았다.

상대는 하룻밤 사이에 몇천만원은 우습게 쓰는 자라는 것을 알고 있었고, 무엇보다 넙치는 수영을 잘했다.

"넙치는 수영 진짜 잘하는 놈이라구요. 고등학교때 전국대회에서 3등까지 했어요. 결코 이런데서 떨어진다고 죽을 리가 없어요."

허나 넙치 이상영은 죽었다.

목격자들의 증언에 의하면 이상한 자세로 허공에서 두 바퀴 정도 돌면서 그대로 물에 떨어졌다고 했다.

부검의 말로는 착수시 물의 표면장력으로 인해 내장이 파열되었고, 그 쇼크로 죽었다고 했다.

그리고 이상영의 발 뒤꿈치. 그곳에는 칼로 베인 작은 상처가 있었다.

"그래서 칼을 사용한 건가요?"

"그냥 장난이었어요. 아, 아니 내기에서 이기려면 어쩔 수 없었어요! 안 그러면 1억을 내줘야 했다구요!"

"이상영은 죽었습니다."

남자는 청년도 알고 있는 사실을 말해주었다.

"내가…. 안 그랬어요."

청년은 온 몸을 부들부들 떨었다. 넙치가 죽음으로서 그는 한번도 겪어보지 못한 것을 겪어야 했다.

흉악범들과 함께 구치소에서 일주일을 생활했고, 군대조차 면제받았던 그에게 그 시간들은 지옥과도 같았다.

사람이 죽는다는 게 이런 것일 줄은 몰랐다. 자신이 지옥을 경험해야 할 만큼 나쁜 짓인지 상상도 하지 못했다.

'그나마 구치소에라도 들어간 적이 없었다면 아직도 모를테지. 사람을 죽이는 게 나쁜 일인지 조차도.'

남자는 차갑게 웃으면서 청년을 보았다. 청년은 고개를 푸욱 숙이고 있었다.

그는 아직도 두려워하고 있는 것 같았다. 앞으로 자신에게 닥칠 일들에 대해서.

"이제…. 난… 어쩌면 좋죠?"

"방금 내가 당신을 꺼내왔지 않습니까? 또 뭐가 걱정이지요?"

남자의 물음에 청년은 다시 입을 열었다.

"지금은 변호사님 덕분에 나오긴 했는데… 재판이 시작되면… 아니… 끝나면… 다시 감옥에 가야 하잖아요."

"감옥이 싫으십니까?"

청년은 말없이 고개를 끄덕였다. 남자가 잠자코 있자 그는 슬그머니 그의 안색을 살피며 물었다.

"저, 감옥에 가야 하나요?"

기어들어가는 작은 목소리. 거기에 남자는 단호하게 대답했다.

"죄를 지은 자가 감옥에 들어가는 것은 당연한 일입니다."

그 말을 들은 청년은 자신이 내뱉은 질문을 후회했다. 죄를 지은 자가 재판을 받아 감옥에 가는 것은 당연한 일.

굳이 물을 필요도 없는 것이다.

허나 이어진 남자의 말은 뜻밖의 것이었다.

"하지만 당신은 이제 감옥을 갈 수 없습니다."

청년은 자신의 귀를 의심했다. 그는 눈을 동그랗게 뜨며 남자를 쳐다보았다.

"어떻게 그럴 수가 있죠?"

"법은 단순하죠."

남자는 빙긋 웃으며 말을 이었다.

"증거가 없는 사실을 법은 사실로 인정하지 않습니다."

남자는 주머니에서 어떤 물건을 꺼냈다.

투명한 비닐 안에 들어있는 피묻은 손칼. 그것은 청년이 넙치를 죽였다고 말할 수 있는 유일한 증거였다.

남자는 봉지에서 손칼을 꺼내더니 강에 던져 버렸다. 힘없이 허공을 몇바퀴 돌던 칼은 죽은 이상영처럼 강물에 빠졌다.

남자는 칼을 삼킨 채 묵묵히 흘러가는 강을 보며 무덤덤하게 말했다.

"이제 사실도 사라졌군요."

돌아보는 남자를 본 청년은 오싹함을 느꼈다.

"잘 들으세요."

남자의 눈에서는 기이한 푸른 빛이 흘러나오고 있었다. 그는 야릇한 웃음을 지으며 말을 이었다.

"당신과 함께 이곳을 지나던 이상영은 난간에 적힌 글귀를 보고 자신의 수영실력을 시험해 보고 싶어졌습니다. 당신은 필사적으로 말렸지만, 극구 이상영은 실행에 옮겼고, 결국 실수로 난간에서 헛디뎌 강물에 빠져 죽게 된 겁니다. 바로 이것이 당신의 진실입니다. 아시겠습니까?"

진실이란 단어는 청년의 머리, 아니 가슴 속에 새롭게 각인되었다.

청년은 고개를 끄덕였고 곧 걱정스러운 표정이 되어서는 입을 열었다.

"그들이 내 말을 믿어 줄까요?"

"당연히 의심할 겁니다."

"그, 그러면… 안 되잖아요."

남자는 피식 웃으며 고개를 저었다. 그리고는 속삭였다. 마치 악마처럼.

"그들은 다만 의심할 뿐, 증명할 수는 없습니다. 그리고 의심스러울 때는 피고인의 이익으로 생각하는 것이 바로… 법이랍니다."

속삭임은 청년의 마음 속 무언가를 건드렸다.

그 순간 청년은 두려움의 정체를 알게 되었다. 동시에 눈 앞의 남자는 그 두려움을 단번에 뿌리 뽑아 줄 수 있다는 사실 역시도 깨닫게 되었다.

원래의 표정을 되찾은 청년은 다시 그를 보며 물었다.

"이제 변호사님만 믿으면 되는 건가요?"

굳은 믿음이 실린 물음이었지만 남자는 고개를 저었다.

"아니. 나를 믿지 마세요. 대신 당신 아버지가 가진 돈을 믿으세요."

남자는 청년의 눈을 바라보았다.

다시 빛나기 시작하는 눈빛과 입가에 걸리는 희미한 미소.

그의 안에서 무언가가 변하는 것이 느껴졌다. 그는 자신이 진정으로 중요시하고 두려워해야 할 것이 무엇인지 깨달은 것 같았다.

"명심하세요. 돈이면 뭐든지 되는 세상입니다. 신종호 씨."

다시 장태현의 속삭임이 들렸을 때 유생은 눈을 떴다.

◇

'헉!'

유생의 온 몸은 땀으로 젖어 있었다.

방금 전 꿈은 분명 장태현의 기억이었다.

'끔찍하군.'

이상영. 그는 고시원 주인아저씨 아들의 이름이었다.

지금까지 말로만 듣던 사건을 꿈에서 보게 되니 가슴이 울렁거렸다.

'장태현, 이 빌어먹을 자식!'

유생의 마음은 분노와 함께 죄책감으로 가득찼다. 자신의 리걸마인드가 결국은 장태현에서 비롯된 것이라는 생각에 마음이 편치 않았다.

자리에서 일어나 연거푸 물을 마셨지만 꿈에서 본 장면들은 쉽사리 사라지지 않았다.

마지막 증거를 강에 버리고, 장태현이 신종호에게 건넨 마지막 말들.

– 당신 아버지가 가진 돈을 믿으세요. 돈이면 뭐든지 되는 세상입니다.

그것은 결코 해선 안되는 말이었다. 적어도 사리분별조차 못하는 신종호 같은 자에겐.

'공판까지 얼마나 남았지?'

달력을 보니 이경찬 사건은 3일, 강남 나이트사건은 일주일 앞으로 다가와 있었다.

'이번엔 마음대로 안될 것이다.'

유생은 굳게 다짐했다. 허나 그의 귓가에는 아직도 장태현의 낮은 웃음소리가 들리는 것 같았다.

◇

모처럼 만난 한지연 검사는 그간 있었던 일들을 말해 주었다.

"지난 주에 이경찬은 보석으로 풀려났어."

피고인 보석신청제도.

피고인이 증거를 인멸하거나 도주 우려가 없는 경우 일정금액을 보석보증금으로 내고 불구속 재판을·받을 수 있도록 하는 제도를 말한다.

유생은 이미 예상한 듯 고개를 끄덕이며 입을 열었다.

"이미 필요한 증거는 확보한 상태고, 이경찬은 아직 검사니…. 뭐 특별할 건 없네요."

"그렇긴 한데, 문제는 이거야."

한지연은 위임장이라 적힌 종이 한 장을 내밀었다. 그곳에는 사건을 맡은 변호사의 이름이 적혀 있었다.

"이기범? 아는 사람인가요?"

유생의 물음에 한지연은 고개를 끄덕였다.

"올해 초 서울중앙지법 부장판사였던 사람이야. 대법원

승진에서 밀리자마자 바로 옷 벗고 나왔어."

"그렇군요."

아무렇지 않게 들어 넘기던 유생에게 갑자기 어떤 생각이 스쳐지나갔다.

'가만, 올해 초에 그만 둔 부장판사라고?'

그 순간 유생은 눈이 커졌다. 그것이 뜻하는 바는 하나였기 때문이다.

"그렇다는 말은…. 전관예우?"

전관예우. 판사나 검사 등 공직에 있던 자가 그만두고 나와 변호사 개업을 할 경우, 그에게 승률을 높여주는 등으로 혜택을 주는 것을 말한다.

한지연은 심각한 표정으로 고개를 끄덕였다.

"맞아. 아직 전관예우 기간 중에 있는 변호사란 이야기지."

그녀의 말에 유생은 믿을 수 없는 표정으로 물었다.

"전관예우란 게 아직도 있어요? 얼마 전 사법개혁이니 뭐니 하면서 사라지지 않았나요?"

한지연은 쓰게 웃으면서 고개를 저었다.

"개혁 같은 게 있긴 있었지. 변호사법에서 금지하고 있기도 하지만 하지만 그걸로 전관예우는 사라지지 않았어. 고발할 사람도 없고, 처벌규정도 없기 때문에 강제할 수도 없기 때문이지. 결과적으로는 범위가 조금 줄어들었을 뿐이야."

"범위라구요?"

"과거에 판검사면 누구나 2년씩 받을 수 있던 예우를 작년부터는 부장급 이상만 1년 기간 내에만 해주는 것으로 바뀌었어."

설사 그렇다해도 이기범은 아직 1년이 차지 않은 '예우중' 인 변호사에 속했고, 그가 이경찬을 변호한다는 것은 보통 일이 아니었다.

"혹시….선배. 이런 자들과 싸워본 적 있나요? 아니, 이겨본 적 있나요?"

지푸라기라도 잡는 심정으로 물었지만 한지연은 대답하지 않았다. 다만 미간을 잔뜩 찌푸린 채로 고개를 저을 뿐이었다.

◇

한지연은 무거운 표정으로 입을 열었다.

"어떤 박사가 '전관예우의 힘' 이란 논문을 냈어. 거기서 전관을 쓰면 실형을 받을 가능성이 15%정도 낮아진다고 하더군."

"15%정도면…."

유생은 잠시 생각해 보았다.

일반적인 재판에서 실형을 받을 확률은 약 41%. 그렇다면 전관을 쓰게 되면 그 확률은 26%가 되는 셈이다.

"대부분 집행유예로 되는 경우가 많다는 것이겠군요."

"맞아. 아무리 혜택을 준다고 하더라도 죄가 있는 자를 무죄로 만들 수는 없으니 대부분 집행유예로 합의를 보는 거지."

"그 밖에 다른 통계는 없습니까?"

이번 재판, 상대가 전관변호사라 하더라도 이경찬을 집행유예 정도로 풀어주긴 싫었다.

유생의 표정을 읽은 한지연은 아는 바를 설명해 주었다.

"집행유예 가능성 15% 상승. 그것 외에도 평균 형량은 22개월 정도 감형되는 경향이 있어. 하지만 이건 단순히 전관일 경우야. 만약 그가 국내 4대 로펌 소속이면 집행유예 가능성은 18%, 형량은 33개월 정도가 감형된다고 해."

"국내 4대 로펌?"

유생이 모르겠다는 표정으로 묻자 한지연은 차분하게 대답해 주었다.

"바다, 대성, 법마을, 화신. 이게 국내 4대 로펌이야. 그리고 이걸 봐."

한지연은 위임장 맨 아래를 가리켰다. 이기범이란 이름 밑에는 분명하게 그의 소속이 찍혀 있었다.

[법무법인 바다]

"최악이네요."

유생의 말에 한지연은 고개를 끄덕였다.

"상대는 거대 로펌 소속에 약빨이 생생하게 살아있는 전관 변호사야. 우리가 실형을 받아낼 확률은 확실하게 18% 떨어졌다고 보는게 맞아."

"18%라… 그래도 그 정도라면 해볼 만하지 않을까요? 이긴 사례가 전혀 없었던 건 아니잖아요. 증거가 이렇게 명백한데 우리가 지기야 하겠어요?"

유생은 아직 믿고 싶었다. 단지 전관 변호사 때문에 재판 자체가 흔들린다고 생각하긴 싫었다.

허나 한지연은 그의 환상을 깨주려는 듯 고개를 저었다.

"단 18%라고? 그건 모든 사례를 수집한 결과를 토대로 수치화시킨 것이지. 직접 경험하는 것과는 완전히 달라. 마치 수치상으로 발표된 물가와 직접 체험하는 물가가 다른 것처럼. 그리고 나는 지금까지 단 한번도 전관들에게 이겨본 적이 없어."

자신의 말을 증명이라도 하려는 듯 그녀는 과거 전관들과 상대했던 사건 기록을 보여주었다.

사건 기록들을 확인해 내려가면서 유생의 얼굴은 점점 어두워져갔다.

'이건 좀 너무하는군. 자기 말을 안듣는다고 알루미늄 야구배트로 종업원을 때려 전치 18주의 상처를 입힌 자를

징역 3년에 집행유예 5년으로 판결하다니.'

그것뿐만이 아니었다.

여성장애인을 대상으로 15년간 지속적으로 성폭행을 해온 원장, 가짜 명품 핸드백을 팔다가 적발된 상인 등 언뜻 봐도 유죄가 확실하고, 죄질이 무거운 이들이 죄다 집행유예로 풀려났다.

유생의 마음은 답답해져 갔다.

다른 것도 아니고 변호하는 자가 전관이라는 이유로 죄인에게 혜택을 주는 것은 결코 있어선 안되는 일이다.

"정말 방법이 없는 겁니까?"

유생의 물음에 한지연은 무겁게 입을 열었다.

"방법이라…. 하긴, 그 논문에서도 결론 즈음에 한가지 방법을 적어놓고 있더군."

유생은 바짝 당겨 앉았고, 한지연은 그 방법을 이야기했다.

"언론이야. 언론이 주목하는 사건에서는 전관이 힘을 쓰지 못해."

그녀는 한가지 서류를 짚었다.

재벌2세가 벌인 항공기 회항사건.

당시 언론은 이를 집중적으로 다루었고, 그 결과 재판의 시작부터 판결이 나오기까지 모든 과정들이 언론에서 다루어졌다.

"여기에서도 재벌2세를 변호한 건 대형로펌 소속의 전관 변호사였어. 하지만 힘을 쓰지 못했지."

결과적으로 그가 받은 처벌은 징역 1년.

집행유예를 받을 수 있는 형량이었지만 법원은 그러지 않았다. 또한 판결문에는 언론을 의식한 듯한 문구가 적혀 있었다.

[…국민들은 생계문제로 기억에서 금방 흐려지게 될 것을 우려해….]

이를 본 순간 유생의 입가엔 미소가 비쳤다. 그것은 이미 유생이 준비해 둔 것이기 때문이었다.

"그건 미리 손을 써 두었습니다."

유생의 목소리와 얼굴에 자신감이 내비치자 한지연은 굳은 목소리로 당부했다.

"단지 지금 반짝하는 걸로는 부족해. 재판 시작할 때 시끄러웠어도 판결날 때 잠잠하면 아무 소용없는게 되는 거야. 그렇게해서 아무도 모르게 넘어간 판결은 셀 수 없이 많아."

그녀의 지적은 사실이었다.

체포 당시 언론에서 떠들면서 국민들의 관심사로 떠오른 사건들도 재판 과정이 길어지거나 항소심으로 넘어갈 때면 아무도 모르게 터무니 없는 판결이 나기도 했다.

"알겠어요, 선배. 이번 재판 끝날 때까지, 이 사건은 계속해서 국민들의 입에 오르내리도록 만들어 놓겠습니다."

유생이 호언장담하자 한지연은 한시름 놓은 듯 편안한 표정이 되었다.

그러면서 입을 열었다.

"그리고 하나 더, 이야기할 게 있어."

한지연은 얼마 전 법원에서 받은 통지서를 보여주었다.

"공판 3일 남기고 나한테 이런게 날아왔어."

"공판준비기일 통지서네요?"

공판준비절차가 있음을 알리는 통지서였다.

효율적인 공판 진행을 위해 논점들과 증거조사를 사전에 조율하기 위한 절차였다.

날짜는 오늘 오후 1시.

한지연은 미간을 찌푸리며 입을 열었다.

"조금 이상해. 대개 논점이 많은 사건이나 복잡한 사건에서 이런게 열리는데…."

이번 사건의 논점은 그리 많지 않았다.

증거를 인멸한 점과 이를 대가로 뇌물을 받았다는 점을 증명하면 되는 사건이므로.

"판사가 직권으로 한 것 같지는 않고, 변호사가 신청한 것 같은데 뭘 노리고 있는 걸까?"

둘은 잠시 생각에 잠겼다.

허나 도통 상대의 생각을 읽을 수는 없었다. 유생은 아직 생각에 잠겨있는 그녀에게 말했다.

"일단 이야기를 들어보세요. 지금까지 검토한 우리의 목적과 전략만 확실하다면 상대가 무엇을 노리는지는 금방 알 수 있을 겁니다."

한지연은 끄덕였다.

지금까지 수차례 이번 사건에 대해 논의했다. 유생의 실력은 그녀도 인정하는 바였고, 그동안 거의 빠짐없이 논점을 검토했다.

'지금으로선 그 수밖엔 없겠지.'

한지연은 유생과의 시간들을 믿는 수 밖엔 없었다.

그들이 어떤 이유로 공판준비절차를 열었는지는 오후가 되면 알 수 있을 터였다.

◇

이번 사건을 주관하는 김동수 부장판사는 검사측과 변호인측에서 제출한 서류를 검토하며 입을 열었다.

"쟁점 자체는 그리 많지 않군요."

한지연도 그와 똑같이 생각하고 있었다.

그리 복잡하지도 않은 이번 사건에서 과연 이런 절차는

불필요해 보였다.

허나 변호인 측은 그렇게 생각하지 않는 듯 했다.

"맞아요. 쟁점이 그렇게 많지는 않습니다."

전관 변호사 이기범.

김동수 부장 판사보다 세 기수 위였지만 이기범은 존대를 했다. 평소 몸에 쌓인 습관이 그런 듯 이기범의 존대는 어색하지 않았다.

그는 윤기가 흐르는 흰 머리를 한번 가볍게 쓸어 올리고는 말을 이었다.

"사실 오늘 반드시 짚고 싶은 부분은 쟁점이나 증거보다도 사건 자체에 있습니다."

"사건이요?"

판사의 말에 이기범은 고개를 끄덕였다.

"판사님도 아시다시피 이번 사건의 쟁점은 피고인이 뇌물을 받고 증거인멸이라는 부정한 일을 했다는 것입니다. 하지만 이를 증명하기 위해서는 그 전제로 반드시 해결되어야 하는 사건이 있습니다."

그가 어떤 사건을 뜻하는지는 금방 알 수 있었다. 김동수 판사는 고개를 끄덕이며 동의했다.

"강남 나이트클럽 강간살인 사건을 말씀하시는군요."

강남 나이트 클럽 사건.

지금까지의 모든 일들은 이경찬이 유생에게 이 사건을

배당하면서 시작된 일이었다.

"맞습니다."

이기범은 빙긋 한번 웃고는 특유의 느리지만 또박또박한 어투로 말을 이어갔다.

"일단 검사 측에서 주장하는 바를 정리하면 이렇습니다. 이경찬 검사가 외부로부터 뇌물을 받고 그 대가로 강남나이트 사건의 증거를 인멸했다는 것입니다.

하지만 만약 강남나이트 사건의 진범이 애초에 이경찬 검사가 주장한 자가 맞거나, 또 뇌물을 건넨 자와는 아무런 상관 없는 자가 범인으로 밝혀진다면 이번 사건을 따로 심리하는 것은 무의미합니다."

"그렇겠군요."

판사는 수긍하며 말했다.

"범인이 만약 이경찬 검사가 작성한 기록대로라면 증거인멸은 아예 성립되지도 않을테고, 그렇다면 뇌물죄는 별개로 치더라도 수뢰후 부정처사죄 역시도 성립되지 않겠군요.

그리고 뇌물을 준자와 범인 사이에 아무런 관계가 없다면 증거인멸죄와 뇌물죄는 성립하지만 수뢰후 부정처사죄는 성립하지 않을테구요."

강남나이트 사건의 범인이 누구냐에 따라 이경찬의 죄명이 달라진다. 이기범의 지적은 정확한 것이었다.

만약 이경찬이 뇌물을 받은 것 자체만을 따로 떼어내 수재죄로 공소를 제기했다면 독립적인 심판이 가능하겠지만, 지금 그가 기소된 죄목은 증거인멸죄와 수뢰후 부정처사죄였다.

'증거인멸죄든, 수뢰후부정사처죄든 죄가 성립하기 위해서는 강남나이트클럽 사건이 확정이 되어야 해.'

한지연도 충분히 납득할 만한 것이었다. 그녀가 천천히 고개를 끄덕이는 것을 본 이기범은 느릿느릿 말을 이었다.

"그래서 이렇게 말씀을 드리는 겁니다, 판사님. 강남나이트클럽 사건의 판결이 날 때까지, 아니 적어도 사실관계가 확정이 될 때까지만이라도 이번 사안의 공판기일을 연기해 주십시오."

말을 마친 이기범의 눈빛이 살짝 빛났다.

"흐음…."

판사는 고개를 끄덕이며 생각에 잠겼다. 분명 일리가 있는 말이었다.

강남 나이트 사건의 결론이 내려지기 전에는 이경찬의 죄에 대해서 판결할 수 없다. 그렇다면 그때까지 공판 기일을 연기하는 것도 한가지 방법이다.

"내 생각엔 변호인 측의 요청이 타당한 것 같습니다만, 검사는 어떻게 생각하십니까?"

판사의 질문에 한지연은 입술을 깨물었다. 그대로 수긍

을 할 것인지, 아니면 거부를 해야 할지 망설여졌다.

'어떻게 해야 하지?'

수긍을 하자니 뒷맛이 개운치 않고, 거절을 하자니 타당한 이유가 없었다.

그때 유생이 그녀에게 했던 말이 떠올랐다.

- 일단 이야기를 들어보세요. 지금까지 검토한 우리의 목적과 전략만 확실하다면 상대가 무엇을 노리는지는 금방 알 수 있을 겁니다.

'우리의 목적과 전략.'

그것은 분명했다.

'이경찬에게 틈을 주지 않고 유죄판결을 받아내는 것. 그게 우리의 목적이야.'

이를 위해서 그동안 수십차례 유생과 회의를 했던 것이었다. 그리고 지난 회의 때는 전관 변호사를 상대하기 위한 전략을 세웠다.

'언론에서 떠들기 시작하면 전관 변호사는 힘을 쓰지 못해. 그리고 지금은 언론에서 우릴 도와주고 있지. 그리고….'

그 순간 한지연의 머릿속에서 한 가지 생각이 스쳐 지나갔다. 그것은 방금 전 이기범의 입에서 나온 말이었다.

'기일 연기…!'

한지연의 입가에 미소가 걸렸다. 이기범이 무엇을 노리는지 알아챘기 때문이었다.

◇

'시간을 끌어 언론이 잠잠해지기를 기다리려는 수작이야.'

언론이 조용해져야 비로소 전관의 진정한 힘이 발휘될 터. 전관 변호사 이기범의 입장에서 그것은 당연한 시도였다.

상대의 노림수가 보이자 어떻게 해야할지 감이 잡혔다. 그녀는 판사를 보며 입을 열었다.

"강남 나이트 사건이 이번 사안의 전제가 된다는 변호인 측의 지적에는 동의합니다. 하지만 공판기일을 연기하자는 제안에는 동의할 수 없군요."

"그러면 어떻게 했으면 좋겠습니까?"

판사의 물음에 한지연은 또렷한 목소리로 대답했다.

"엄밀히 말해 이번 사안은 강남나이트 사건의 관련사건에 해당합니다. 이 같은 경우엔 보통 기일을 연기하지 않습니다. 대신…."

그녀는 고개를 돌려 이기범의 눈을 보며 입을 열었다. 마치 그의 속내를 훤히 꿰뚫어 보듯이.

" '병합(倂合)' 을 하지요."

각자 따로 기소된 사건을 하나의 절차로 통합하는 것이 '병합(倂合)' 의 의미.

그 단어가 나온 순간 이기범의 안색이 바뀌었다. 이를 확인한 한지연은 자신의 추측이 맞았다는 것을 직감했다.

"강남 나이트 사건과 이경찬 사건은 긴밀하게 연관되어 있습니다. 따라서 저는 이번 사건을 강남나이트 사건에 병합하여 진행할 것을 제안합니다."

빈틈없는 한수였다.

사건을 병합해 진행한다면 이경찬은 싫어도 재판의 전 과정에 출석해야 할 터.

그가 원치 않아도 법원 앞에서 대기하고 있는 기자들을 피할 수 없을 것이다.

그녀의 제안에 허를 찔린 이기범이 굳은 표정으로 입을 열었다.

"그건… 좀 곤란합니다."

이제 그의 목소리에서 여유는 사라져 있었다. 그는 이전보다 빠른 어조로 말을 이어갔다.

"이 사건들을 병합하면 전제가 되는 사건의 심리가 끝날 때까지 다른 피고인이 불필요하게 출석을 강요받는 상황이 됩니다.

자신과 관계없는 재판에 출석하는 것. 이건 무죄추정의

원칙과 '의심스러울 때는 피고인의 이익으로'라는 형사재판의 대원칙에 반하는 것입니다."

그럴듯한 이기범의 반박에 한지연은 고개를 저었다.

"강남 나이트 사건과 이경찬 사건은 서로 긴밀하게 관련되어 있습니다. 강남 나이트 사건의 실체를 밝히는 절차는 이경찬 사건의 실체를 밝히는 중요한 연결고리일 수도 있는 것입니다. 이는 결코 피고인 이경찬에게 전혀 관련이 없거나 불필요한 절차가 아닙니다.

또한 재판기간 동안 출석하는 것은 결코 피고인의 불이익이라고 볼 수 없습니다. 재판이야말로 피고인이 스스로의 무죄를 적극적으로 주장할 수 있는 절차입니다. 어떻게 재판에 출석하는 것이 피고인의 불이익이라고 할 수 있겠습니까?"

그녀의 논리는 명확했고, 정곡을 찔렀다.

허나 이기범은 멈추지 않았다. 그는 의미심장한 눈빛으로 판사를 보며 입을 열었다.

"김동수 판사님. 피고인 이경찬은 아직 검사입니다. 이번 사건에 연루되긴 했지만 그는 판사님과 저처럼 국가와 정의를 위해 20년 동안이나 일해왔습니다. 그런 그를 다른 죄인과 똑같이 취급해서야 되겠습니까?

무죄판결을 해달라는 것도 아니고, 단지 선행사건의 판결이 날 때까지 기일을 연기해 달라는 것인데 그게 그렇게 안되는 것입니까?"

노골적인 청탁.

논리에서 밀리자 이기범은 이경찬이 판사와 같은 법관이었음을 끄집어냈다.

'이런… 미친!'

한지연은 피가 거꾸로 솟구치는 게 느껴졌다. 화를 참지 못한 그녀는 큰 소리로 말했다.

"그게 대체 무슨 말입니까, 선배님! 피고인이 검사로서 20년 동안 일해온 경력을 왜 여기서 들먹이시는 겁니까!

그런 경력은 그 자의 죄를 인정하는데 아무런 상관이 없는 사실입니다. 이경찬, 그 자는 명백한 증거로 인해 기소되었습니다. 그는 우리가 기소한 다른 피고인들과 아무런 다를 바가 없습니다.

지금까지 우리가 기소하고 판결을 내린 피고인들도 죄를 짓지 않았으면 다른 분야에서 경력을 쌓은 훌륭한 국민들입니다. 도대체 왜 그들이 이경찬과 차별대우를 받아야 합니까!"

한지연이 분을 이기지 못하자 김동수 판사가 제지하려 했다. 허나 한지연은 판사를 똑바로 쳐다보며 말을 이었다.

"판사님. 지금 이 사건, 언론과 국민이 모두 지켜보고 있습니다. 이기범 변호사는 되지도 않는 이유로 공판기일을 연기시켜 그들의 이목을 피하고 싶어 합니다.

하지만 판사님. 언제까지 죄인을 한때 우리와 같은 식구였다는 이유로 봐줘야 하겠습니까? 그런 관행들이 쌓이고 쌓였기 때문에 감히 검사와 판사를 앞에 두고 노골적으로 청탁을 하는 이런 부류가 생겨난 것 아니겠습니까?

이 사건, 절대 전관예우로 넘어가선 안됩니다. 전 국민이 지켜보고 있습니다. 이 사건 마저도 넘어간다면 도대체 국민들이 우리 사법부의 판결을 믿기나 하겠습니까?"

한지연의 서슬퍼런 반격에 더이상 이기범은 반박하지 못했다.

잠시 침묵이 흘렀다.

이기범이 도움을 구하는 듯한 눈길을 주었으나 김동수 판사는 고개를 저었다.

"한 검사 말이 맞네."

"!"

이기범의 표정이 일그러졌다. 그는 김동수 판사의 얼굴을 뚫어지게 쳐다보았지만 판사는 그를 외면했다.

판사는 담담하게 말을 이었다.

"일단 이번 사건은 강남 나이트 사건과 병합해서 심리하도록 하겠습니다. 하지만…."

한숨을 내쉰 판사는 한지연과 이기범을 번갈아보며 말을 이었다.

"변호인 측의 의견도 아주 무시할 수는 없습니다."

'뭣이?!'

이번에 안색이 변한 이는 한지연. 그녀의 표정은 아랑곳않고 김동수 판사는 마저 결정을 내렸다.

"출신성분을 떠나 자신과 무관한 심리에 피고인을 매번 출석하게 하는 것은 분명 불필요하다고 생각합니다.

따라서 증인신청 등과 같은 특별한 사유가 없는 한, 강남 나이트 사건의 심리가 진행되는 동안에는 피고인 이경찬의 출석은 본인의 의사에 맡기도록 하겠습니다."

선배의 체면과 재판의 공정성을 적당히 타협한 결론이었다.

반쪽이나마 목적을 달성한 이기범은 다시 편한 표정이 되어서는 수긍했고, 한지연은 마지못해 끄덕였다.

◇

판사실을 나서는 한지연은 이를 악물었다.

그녀의 뜻대로 사건을 병합시키긴 했지만, 이경찬이 임

의출석권을 얻은 사실이 못마땅했던 탓이다.

'개떡같군.'

그토록 어필했음에도 판사는 이기범의 편의를 봐주었다.

허나 작년까지만 해도 둘이 같은 곳에서 근무했다는 사실을 생각하면 그것은 불가피한 것이었다.

'그래도… 이번엔 희망이 보여.'

한지연은 방금 전 판사의 말에서 힌트를 얻었다.

[증인신청 등과 같은 특별한 사유가 없는 한, 강남 나이트 사건의 심리가 진행되는 동안에는 피고인 이경찬의 출석은 본인의 의사에 맡기도록 하겠습니다.]

임의출석권을 보장하면서 붙인 단서. 그것은 임의출석권 자체를 무력화시킬 수 있을 만한 것이었다.

'증인 신청 같은 것을 하면 된다 이거지?'

살인 사건의 참고인으로 증거를 인멸한 자를 소환하는 것은 비일비재한 일.

한지연은 벼르고 있었다. 그녀는 공판이 진행되는 동안 모든 기일에 이경찬을 출석시킬 참이었다.

그리고 기대하는 것은 또 있었다.

'사건이 병합된다면… 신유생, 그 녀석과 팀을 짤 수 있겠어.'

한지연은 알고 있었다.

공판에서 신유생이 보여주는 변론 능력을.

유생은 수사검사로서도 눈부신 활약을 펼쳤지만, 그가 가장 빛나는 곳은 법정이었다.

'난 전관들에게 이긴 적은 없어. 하지만 신 검사가 법정에서 지는 모습은 더욱 상상하기 힘들군.'

한지연은 몹시 기대되었다.

유생이 이번 사안을 위해 마련해 둔 전략과 작전들을 떠올리자 그녀는 빙긋 웃고 말았다. 그녀의 붉은 입술은 어느 때보다도 진한 매력을 풍기고 있었다.

◇

명동 한복판에 있는 커다란 빌딩 앞에는 반듯하고 세련된 글씨로 간판 하나가 세워져 있었다.

[법무법인 바다]

국내에서 네 손가락에 꼽히는 대형 로펌답게 빌딩의 위용은 대단했다.

그 건물 10층의 넓직한 사무실에는 두명의 남성이 소파에 앉아 머리를 맞대고 있었다.

이기범과 이경찬이 그들이었다.

"기일 연기는 실패했어. 도리어 사건이 병합되었네."

"그렇군요…."

"한지연 검사가 많이 컸더군. 예전엔 내 앞에서 말도 제대로 못했는데 말이야."

이기범의 말에 이경찬은 한숨을 푸욱 내쉬었다. 허나 그를 보고 있던 이기범은 빙긋 웃으며 말을 이었다.

"너무 상심 말게. 그래도 강남나이트 사건 심리가 진행되는 동안 자네는 임의로 출석하지 않을 수 있게 해 놨으니까."

그의 위로에도 이경찬의 표정은 풀어지지 않았다. 잠시 생각하던 그가 고개를 저으며 입을 열었다.

"소용없습니다. 임의출석이라고 해도 아마 놈들은 저를 중요 참고인으로 소환할 겁니다."

"그렇긴 하겠지."

머쓱해진 이기범은 버릇처럼 자신의 흰 머리를 긁적이고는 자리에서 일어났다.

그는 책상 위의 노트를 집어들고 와서 자리에 앉았다.

"걱정 말어. 그래도 자넨 이 나라에서 가장 든든한 변호사와 함께하고 있는 거야."

"물론 그렇죠."

이경찬은 씁쓸하게 웃었다. 그러다 이기범이 탁자 위에 내려놓은 노트를 발견하고는 물었다.

"선배님. 그건 뭐죠?"

손 때가 잔뜩 묻은 노트.

꽤나 오래 전 물건인 것처럼 종잇장도 누렇게 바래있다.

"이건 내 보물이네."

이기범은 이를 드러내며 씨익 웃었다.

"자네도 알잖아. 내가 이 바닥에서 30년 넘게 근무한 거."

이기범의 경력에 대해선 이경찬도 충분히 알고 있었다.

서울중앙지법에서 시작한 그의 경력은 화려했다.

동부, 중앙, 서부를 반복해서 돌다가 부장으로 승진할 때는 잠깐 부산에 있다가 1년만에 중앙으로 귀환했다.

그때까지만 해도 이기범은 차기 대법관 물망에 오를 정도로 위세가 대단했었다.

당시를 기억하면서 이경찬이 고개를 끄덕이자 이기범은 말을 이었다.

"30년이 좀 긴 세월인가? 경찰, 검사, 판사할 거 없이 그동안 나한테 와서 부탁하지 않는 놈 없었지."

"그걸 다 들어주셨습니까?"

이경찬의 물음에 이기범은 빙긋 웃었다.

"다는 아니지만, 웬만하면 들어는 줬지. 매몰차게 거절하라는 친구 놈들도 있었지만 내 생각은 좀 틀렸거든. 어차피 다 같은 나랏일 하는 사람들인데 도울 수 있을 때 도와야지. 나중에 이빨 빠지고 나면 누가 나를 도와줄 거야. 안그래?"

"선배님 말씀이 맞습니다. 우리도 밥그릇은 챙겨야지요."

"그래, 바로 그거야."

이기범은 의미심장한 눈빛으로 이경찬을 바라보며 말을 이었다.

"내가 그동안 판사 생활하면서 자네 덕을 좀 많이 봤나. 이런 말 하긴 뭣하지만 난 이렇게 자네가 이런 순간에 찾아온건 내게 행운이라고 생각하네."

이경찬은 고개를 숙였다. 위기에 몰린 그가 이 정도의 대우를 받을 줄은 몰랐던 탓이다.

"감사합니다, 선배님."

"감사는 무슨."

"그래도…."

감격한 이경찬이 말을 잇지 못하자 이기범은 노트를 들어보이며 말했다.

"정 감사하려거든 이놈들한테 해."

이경찬이 모르겠다는 표정을 짓자 이기범이 입을 열었다.

"이 놈들. 다 나한테 신세를 진 놈들이지. 아직 내가 끝발이 좀 있으니까 부탁을 거절하진 못할 거야."

“어떤 것을 하시려고….”

“새삼스럽게 뭘 물어?”

이기범의 얼굴을 본 이경찬은 감이 왔다.

‘역시….’

이경찬은 이기범이 왜 마지막 순간에 승진 순위에서 밀려났는지 알고 있었다.

‘증거 조작에 판결 조작.’

대놓고 그를 고발한 사람은 없었지만 그를 겪었던 이들은 소상하게 알고 있는 경력.

이경찬이 필요했던 것은 그의 그런 점이었다.

“오랜만이라 잘 될지는 모르겠네만….”

전화번호를 찾는 이기범도 이경찬이 왜 자신을 찾아왔는지 정확히 알고 있었다.

“자네. 이번 일 잘 되면, 내 일도 좀 봐 주게나.”

그 의미는 분명했다.

어차피 전관예우는 해가 지나면 써먹지도 못한다.

그리고 부장판사를 지낸 신분은 위에 줄만 닿으면 다른 신분으로의 이동도 가능하다.

이경찬은 고개를 숙였다.

“여부가 있겠습니까, 선배님. 이번 일만 넘어가게 해 주시면 제가 위에다 힘 써 보겠습니다.”

이기범은 빙긋 웃어보이며 전화를 시작했다.

부드러운 목소리로 건네는 부탁들.

일상의 소소한 이야기처럼 건네는 내용은 결코 소소한 것들이 아니었다.

차례로 전화가 이어지면서 이경찬의 입가엔 미소가 걸렸다.

'지금까진 막막했는데… 드디어 솟아날 구멍이 보이는구나.'

이경찬은 확신했다.

과연 그가 쥔 카드는 대한민국 최고의 카드. 이것을 가지고 게임판에 들어선 이상 지고 싶어도 질 수 없다고 생각했다.

'한지연, 신유생. 재판이 끝났을 때 놈들의 표정이 궁금하군.'

이경찬은 웃었다.

심지어는 앞으로 남은 재판이 기대가 되기까지 했다.

◇

이른 아침, 국립과학수사연구원.

검은 색 코트를 입은 한 여성이 급하게 차에서 내렸다. 그녀는 전화를 하면서 빠른 걸음으로 정문에 들어서고 있었다.

"검사는 다 끝났어요. 지문도 정액도 모두 신종호의 것이 틀림없어요."

이채영 부검의.

새벽부터 상대는 신경을 긁고 있었다. 그녀는 약간 짜증 섞인 말투로 말을 이었다.

"신 검사님, 알았다니까요. 그 결과 어젯밤 늦게 난 거에요. 그러니까 아직 못보내고 있었죠."

상대는 아직까지 보고서를 보내오지 않는 것이 못마땅한 모양이었다. 이채영도 그런 상대가 마음에 들지 않은 듯 쏘아 붙였다.

"아니, 우리 연구원들이 당신 때문에 야근하는 줄 알아요? 그리고 이번 건, 검사님이 하도 중요하다고 해서 밤 10시 넘어서까지 남아서 제가 직접 확인한 건데…. 아니 그 늦은 시간에 그걸 어떻게 보내요!"

날카로운 목소리가 아무도 없는 어두운 복도에 울려 퍼졌다.

상대의 목소리가 조금 수그러들자 이채영은 기회를 잡았다는 듯 더욱 몰아 붙였다.

"도대체 몇번째 말씀하시는 거에요? 공판 기일이 내일이라는 거 귀가 따갑도록 들었구요, 오늘 분명히 증거자료와 보고서 나갈 겁니다. 기다리고 있으면…. 네? 공판이 오늘이라구요?"

공판 기일을 잘못 기억하고 있었던 것은 분명 그녀의 실수.

이채영은 자신의 머리를 가볍게 한번 쥐어박고는 말을 이었다.

“아, 알았어요, 알았어! 오전 중에 퀵으로 보낼께요. 대신 착불로 보낼 겁니다.”

단호한 목소리로 대화를 매듭짓고 그녀는 전화를 끊었다.

“에잉. 남자가… 성격도 급해. 이미 결과도 다 난 건데, 그 잠깐을 기다리지 못해서 이렇게 안달을 하다니….”

휴대폰을 바라보며 못마땅한 표정으로 중얼거리던 그녀는 발걸음을 옮겼다. 그때 어두운 복도에서 무언가가 불쑥 나와 그녀와 부딪쳤다.

“앗!”

마치 커다란 벽에 부딪친 것 같았다.

빠른 걸음으로 걷다가 부딪친 탓에 이채영은 완전히 균형을 잃으며 바닥에 털썩 넘어졌다.

“아야야….”

고개를 들어보니 한 남성이 내려다보고 있다.

희미한 비상등만 켜져 있던 탓에 상대의 얼굴은 잘 보이지 않았다. 게다가 그는 파란색 수술용 마스크를 쓴 상태.

곁으로 다가온 남자는 그녀의 팔목을 잡아 일으켜 주었다.

"괜찮으세요?"

낮은 중저음의 목소리. 허나 체형과 목소리만으로는 누군지 알 수 없었다.

"네."

"출근 시간 전에는 복도가 어두우니까 조심하세요."

그녀를 잡아 일으켜 세운 남자는 눈웃음을 한번 지으며 인사하고는 서둘러 발걸음을 옮겼다.

그의 뒷모습이 어둠 속으로 사라지자 이채영은 고개를 갸웃거렸다.

'이 시간에 마스크라니… 누구지? 이 향은….'

남자가 지나간 자리에서 쾨쾨하고 시큼한 부검실 특유의 냄새가 느껴졌다.

이제 막 여섯 시 반을 넘긴 이른 시간. 이런 시간에 부검이나 실험을 하는 이들은 거의 없다.

이채영은 이상하다고 생각하면서 자신의 실험실 안으로 들어갔다.

코트를 벗고 흰색 가운으로 갈아입은 그녀는 방금 전 통화했던 검사를 떠올렸다.

'아, 맞다. 오늘이 공판이라고 했지. 빨리 처리해서 보내야겠어.'

이채영의 손이 바빠졌다.

전화 상으로는 작업을 마쳤다고는 했지만, 사실 다른 일 때문에 미뤄 두고 있었다.

'한 두 시간 정도면 끝나는 거니까.'

피고인 신종호의 머리카락과 피해자 한유나의 시체에서 체취한 정액.

이 두 가지 시료에서 DNA를 추출하고 PCR 증폭 작업까지 끝낸 후 염색까지 해 놓았기 때문에 작업을 끝내는데 시간상 문제는 없었다.

'어차피 퀵도 8시부터 영업하니까, 그때까진 충분히 끝낼 수 있어.'

여덟시까진 한 시간 반 남짓 남아 있었다. 이채영은 빠르게 보고서를 작성하기 시작했다.

어젯밤 한 번 확인했기에 보고서 양식에 내용을 채워 넣는 것은 어렵지 않았다. 마치 기관총을 쏘는 듯한 빠른 키보드 소리와 함께 그녀는 보고서를 써 내려갔다.

잠시 후, 보고서 양식의 한 부분만 남긴 그녀는 자리에서 일어섰다.

'이제 분석기 한번 돌린 다음 수치만 적어 넣으면 되는구나.'

자동염기서열 분석기.

미리 염색해 놓은 DNA 염색체의 배열을 염색한 색상에

따라 자동으로 분석해 내는 기계다.

분석기를 돌려 두 개의 염색체를 비교해 일치여부를 확인하면 모든 절차는 끝나는 셈이었다.

이채영은 실험용 장갑을 끼고는 보관해 둔 슬라이드 글라스를 찾기 위해 냉장고 문을 열었다. 그 순간 그녀의 눈동자가 커졌다.

"어?"

냉장고 안에는 그녀가 찾는 것이 없었다.

분명 어제 이름표까지 붙여 한 곳에 잘 둔 기억이 났지만 그곳엔 아무것도 없었다.

"없네? 누가 가져갔나?"

종종 자신이 연구하는 표본과 착오해 가져가는 경우도 있긴 했다. 실험실을 혼자 쓰는 게 아니기 때문에 아주 가끔 다른 사람의 표본을 쓰고는 처리해 버리는 경우도 있었던 것이다.

문득 지난 밤 퇴근할 때의 일이 떠올랐다.

'아… 미경이! 어제 밤샌다고 남아있더니…. 이년이 기어코 일을 저질렀군.'

함께 실험실을 쓰는 동료 김미경.

이채영이 보기엔 표본이 사라진 것은 분명 미경의 실수로 보였다.

'이거 없어졌으면 추출부터 다시 해야 하는데….'

이채영은 머리가 지끈거리는 게 느껴졌다.

책상 위를 보니 검사가 보내온 박스가 눈에 들어왔다. 그 안에는 DNA대조를 위한 신종호의 머리카락이 들어 있었다.

'머리카락은 몇가닥 더 남아 있어. 정액은… 어디있더라….'

다시 냉장고를 뒤져봤으나 정액이 들어있던 용기도 사라져 있었다.

'헐… 귀신이 곡할 노릇이네.'

정액은 사체에서 다시 채취하면 된다.

문제는 시간. 한유나의 사체에서 정액을 채취한 뒤 다시 DNA를 추출해 염색하고 분석하려면 아무리 서두른다 해도 다섯 시간은 걸린다.

검사에게 또 잔소리를 들을 생각을 하니 짜증이 밀려왔다.

'아침부터 이게 무슨 일이람.'

아직까지 이채영은 사태의 심각성을 파악하지 못하고 있었다.

단순히 동료가 착각해 정액과 DNA염색 표본을 버린 것이라 생각하고 있었다.

그녀는 재수 옴붙었다고 생각하면서 도구를 챙겨 시체실로 내려갔다.

잠시 후.

시체실에서 한유나의 시신이 보관된 대형 서랍을 열었을 때 이채영은 다시 놀라고 말았다.

'이럴수가!'

그녀는 자신의 눈을 의심했다.

그곳엔 아무것도 없었다.

마치 처음부터 그랬던 것처럼 시신은 흔적도 없이 사라져 있었다.

◇

서울중앙지방법원 502호 법정.

강남 나이트 강간살인 사건과 이경찬 수뢰 사건의 첫번째 공판이 이제 막 시작되고 있었다.

방청석에는 기자들로 가득했다.

신문기자들을 비롯한 방송 기자들. 방송기자들은 대부분 케이블TV소속이었다.

'무대는 완벽해.'

유생은 만족한듯 미소 지었다. 한쪽 구석에서 자신에게 손을 흔드는 김경환 피디에게 고개를 한번 끄덕인 후 자리에 앉았다.

옆에 있던 한지연이 빙긋 웃으며 말을 건넸다.

"역시 신 검사, 일은 제대로 하네."

"뭘요. 아직 재판은 시작도 하지 않았는 걸요."

유생은 준비해 온 서류를 검토하며 말을 이었다.

"일단 오늘은 첫번째 기일이니 만큼 증거조사에서 기선을 잡을 겁니다. 헌데… 쉽지는 않을 것 같네요."

"왜? 무슨 일 있어?"

한지연의 물음에 유생은 한숨을 쉬며 대답했다.

"아직 국과수에서 지문 감식과 DNA 감식 결과 보고서가 도착하지 않았어요."

"그래도 전화 상으로는 동일인이 맞다고 했다며."

"그렇긴 한데… 법정에서 필요한 건 정식 보고서 잖아요."

유생의 걱정스런 대답에 한지연은 아무것도 아니라는 듯이 대꾸했다.

"국과수에서 보고서 늦게 보내주는 게 어디 한두번인가? 오늘은 이대로만 해. 보고서는 다음 기일까지 제출한다고 하면 되지."

분명 맞는 말이었지만 유생은 불길한 느낌을 지울 수 없었다.

다시 휴대폰을 꺼내 시간을 확인한 유생은 고개를 끄덕였다.

"어쩔 수 없죠. 이제 곧 재판이 시작될 테니."

유생은 휴대폰 전원을 끄고는 변호인 측을 바라보았다. 그곳에는 두 명의 피고인과 이기범 변호사가 서로 이야기를 나누고 있었다.

이를 본 한지연이 마뜩찮은 표정이 되어서는 날카롭게 내뱉었다.

"이기범이 신종호까지 맡게 되었나보네. 신화그룹 정도라면 다른 변호사를 써도 될 것 같은데."

"아무래도 대한민국에서 저만한 변호사를 찾기는 힘들겠죠."

서울중앙지법 부장판사 출신의 전관 변호사.

게다가 그의 뒤에는 국내 대형 로펌인 바다가 버티고 있다. 신화그룹이 국내 최대기업이라는 것을 생각하면 둘은 잘 맞는 구석이 있었다.

"이기범. 그 자가 못이기는 사안이라면 한국의 어떤 변호사도 이기지 못한다고 해도 과언이 아닐겁니다."

그때 이기범이 고개를 돌려 이쪽을 바라보았다. 유생과 눈이 마주친 순간 그의 입꼬리가 살짝 올라갔다.

그 표정은 결코 궁지에 몰린 이의 것이 아니었다.

'뭐지? 도대체 무슨 패를 들고 있는 거지?'

이미 검찰 측 증거들은 확인했을터. 그것을 봤다면 그렇게 여유로울 수는 없을 것이다.

놈의 미소가 짙어져갔다. 그럴수록 유생의 불안감도 함

께 짙어져 갔다.

◇

세 명의 합의부 판사들이 입장한 뒤 유생의 모두 진술과 함께 증거조사가 시작되었다.

"이번 사건은 강남의 어느 나이트클럽 룸에서 피해자 한유나 씨가 강간살해된 사건입니다."

유생이 버튼을 누르자 프로젝터 화면에는 피해자의 사진이 나왔다.

다섯 군데의 자상이 드러난 한 여성의 시신.

맨처음 이경찬으로부터 건네받은 사건 기록에 첨부되어 있던 사진 이었다.

그 끔찍한 모습에 방청석 한 곳에서 격한 흐느낌 소리가 들려왔다.

'피해자의 어머니인가 보군.'

유생은 씁쓸한 표정으로 입을 열었다.

"언뜻 보기엔 이 다섯 군데의 자상들이 사인(死因)으로 보입니다. 그리고 피고인 이경찬이 처음 작성한 사건 기록에 첨부된 소견서에도 이 자상들이 직접 사인이라 적혀 있습니다. 하지만 국과수에 부검을 의뢰한 결과 그것은 사실이 아님이 밝혀졌습니다."

유생의 말에 기자들의 손이 바빠졌다.

사건의 첫번째 진실이 드러나는 순간이었기 때문이었다. 잠시 말을 멈춘 유생은 보다 또렷한 목소리로 입을 열었다.

"재부검 결과, 피해자의 사인은 목이 졸려 숨진 것으로 밝혀졌습니다."

유생은 다른 사진을 화면에 띄웠다.

시체의 목 주변이 크게 확대된 사진. 그곳에는 검푸른 자국이 길게 나 있었다.

유생은 레이저 포인터로 이 자국을 가리키며 말을 이었다.

"이 자국은 끈과 같은 것으로 목이 졸린 흔적입니다. 그리고 이 흔적 위에 보이는 반점들과 안구에서 보이는 충혈 흔적들은 피해자의 직접적인 사인이 교살(絞殺: 목 졸려 죽음)이라는 것을 가리키고 있습니다. 이 사진들과 부검기록을 첫번째 증거물로 제출하겠습니다."

기록을 건네받은 판사는 의미심장한 표정으로 말했다.

"이 증거는… 엄밀히 말하자면 두 가지에 대한 증거겠군요."

"네, 맞습니다. 이 기록은 강남나이트 사건의 피해자 한유나가 교살되었다는 증거이자 당시 사건기록을 작성하고 부검을 주관했던 이경찬이 허위로 기록을 작성했다는 증거가 됩니다."

"알겠습니다. 증거 접수하겠습니다."

판사는 무언가를 적은 뒤 변호인 측을 보며 물었다.

"혹시 변호인 측에서는 이 증거에 대해 할 말이 있습니까?"

"물론 있습니다."

이기범은 여유로는 표정으로 자리에서 일어났다. 그리고는 눈을 빛내며 말을 이었다.

"저희는 방금 검사가 제시한 증거 자체를 부인합니다."

"자세히 말씀해 보시죠."

"네."

이기범은 방금 전 유생이 보인 화면 중 한 장면을 가리키며 입을 열었다.

"검사 측에서는 이 다섯 군데의 자상이 난 시신의 사인이 교살이라고 주장하면서 그 근거로 국과수의 재부검 소견서를 제출했습니다. 허나 그것은 부검자의 소견일 뿐입니다."

잠시 말을 멈춘 그는 유생을 힐끗 본 다음 말을 이었다.

"피해자의 사인은 이 다섯개의 자상이 분명 합니다. 그 근거로 당시 이 시신을 가장 먼저 직접 부검한 국과수 이범석 과장을 증인으로 신청하겠습니다."

이범석이란 이름을 들은 순간 유생의 눈이 번쩍 띄였다.

'이범석이라고?

이 사건에서 이범석은 중요인물이었다.

허나 유생은 그를 찾지 못했다. 스위스 출장 중인데다 번번히 연락을 하려 했지만 닿지 않았던 탓이었다.

한 달 넘도록 추적했던 그의 노력을 비웃기라도 하듯 이범석은 유유히 법정 안으로 들어왔다.

검은색 두꺼운 뿔테 안경을 쓴 반백의 중년 남성.

그는 증인대에 서서 선서를 마치고는 또렷한 목소리로 입을 열었다.

"피해자 한유나의 직접 사인은 저 사진에서 뚜렷하게 보이는 다섯 군데의 자상이 맞습니다."

그의 선언은 법정에 새로운 바람을 몰고 들어왔다.

기자들의 손은 다시 바쁘게 움직였고, 판사들도 충격을 감추지 못한 표정들이었다.

허나 그 중 단 한 사람.

유생은 이범석을 보며 회심의 미소를 짓고 있었다.

이기범은 부드럽게 웃으면서 물었다.

"자세히 말해 주시겠습니까?"

"말씀드린 대롭니다. 피해자 한유나의 사인은 저기 보이는 다섯 군데의 자상으로 인한 출혈 과다 및 쇼크로 보는 것이 맞습니다."

달리 생각해 볼 것도 없다는 듯 이범석 과장의 목소리는 단호했다. 이기범은 뒤의 화면을 한 번 돌아보고는 다시 물었다.

"검사측에서는 여기 목에 나 있는 상처와 반점, 동공에서 보이는 충혈 흔적 때문에 직접적인 사인을 교살로 보고 있는데, 그 점에 대해서는 어떻게 생각하십니까?"

이범석은 경멸하는 눈빛으로 유생을 한 번 쏘아보고는 입을 열었다.

"터무니없는 이야깁니다. 부검 당시 다섯 개의 상처에서 상당한 양의 출혈 흔적을 발견했습니다. 그것은 분명 피해자가 죽기 전에 난 상처였고, 목에 난 흔적보다도 이로 인한 과다 출혈이 훨씬 더 직접적인 사인이라고 보는 것이 맞습니다."

"그러니까 목에서 보이는 흔적보다는 상처로 인한 출혈량이 훨씬 더 의미가 있다. 따라서 이를 두고 교살되었다고 단정하는 것은 잘못되었다는 말씀이시군요."

"그렇습니다."

이범석 과장의 목소리는 오랜 경험의 무게 만큼이나 무겁게 느껴졌다.

방청석에 앉아 있는 기자들의 손이 바쁘게 움직였고, 이기범은 만족한 듯이 웃으면서 입을 열었다.

"그렇다면 증인이 보기에 피해자는 어떻게 살해당한 것 같습니까?"

결정적인 질문.

그것은 피해자 한유나의 사인에 대한 검찰의 증거를 완벽하게 무력화 시킬 만한 것이었다.

"제가 추측하기로는…."

안경을 한번 치켜올린 이범석은 또렷한 목소리로 말을 이었다.

"피해자의 목을 조르면서 강간을 시도하던 범인이 갑작스럽게 살인 충동을 느꼈고, 이에 칼을 들어 살인을 저질렀다고 생각합니다."

상상만해도 끔찍한 범행 수법.

그리고 지금까지 그가 제시한 부검 결과에 완벽하게 들어맞는 수법이었다.

그의 말이 끝났을 때 방청석에 앉은 이들은 동요했다. 울먹이던 피해자 어머니의 울음소리가 터져나왔고, 주변은 어수선해졌다.

"자, 자. 조용히들 해주세요."

몇 분 후, 재판장의 지시로 다시 법정은 정숙해졌다.

허나 이제 법정의 분위기는 바뀌어 있었다.

이범석의 말은 앞뒤가 맞았고, 매우 신빙성있게 들렸다. 한지연도 불안한 표정이 되어서는 유생에게 물었다.

– 저 녀석 말이 맞으면 어쩌지?

– 걱정 마세요, 선배. 그럴듯하게 들리지만 모두 거짓입니다.

한지연이 그 이유를 물으려던 때 판사가 유생을 향해 말했다.

"검사 측 신문하세요."

"네."

유생은 일어서서 주변을 돌아보았다.

방청석의 시선은 많이 달라져 있었다. 대부분 이미 틀렸다고 생각한 듯 표정이 어두워져 있었다.

심지어는 김경환 피디 마저도 입술을 깨물고 있었다.

허나 유생은 미소를 머금고는 또렷한 목소리로 말하기 시작했다

"증인은 여기 있는 목의 상처보다는 자상으로 인한 출혈이 보다 직접적인 사인이라고 보인다는 것이군요."

"그렇습니다."

아까와는 달리 냉랭한 어투.

이범석은 가소롭다는 듯한 표정으로 유생을 마주 보았고, 유생은 다시 물었다.

"그럼 정확히 답변해 주시기 바랍니다. 증인이 보기에

목 주변의 상처와 여기 있는 다섯 개의 자상 중에 뭐가 먼저 발생한 것이라고 생각하십니까?"

두 상처의 선후 관계.

질문은 유생의 눈빛 만큼이나 날카로운 것이었다. 이미 이채영 부검의는 선후를 알 수 없다고 한 바 있었다.

잠시 주춤한 이범석이 입을 열었다.

"무엇이 먼저인지는 분명치 않습니다. 하지만…."

"분명치 않다."

유생은 이범석의 말을 의도적으로 끊고는 다시 말을 이었다.

"분명치 않은데도 이 다섯개의 자상들이 목에 난 상처보다 직접적인 사인이라고 말하는 것이군요."

"그, 그건 당연한 겁니다. 적어도 목에 있는 상처보다는 상처에서 보이는 출혈 흔적이 더 의미있는 증거라 생각해서…."

유생은 다시 그의 말을 끊고 들어갔다.

"선후가 분명치 않은데 왜 증인은 자상에 의한 출혈 흔적이 더 의미있다 생각하는 겁니까?"

그때 이기범이 일어나 소리쳤다.

"재판장님! 지금 검사는 사건과 관계없는 내용으로 트집을 잡고 있습니다."

허나 유생도 가만히 있지 않았다. 그는 분명한 목소리로 반박했다.

"아닙니다! 두 상처의 선후에 따라 살인 방법은 완전히 달라지고 범인 역시도 달라집니다. 이런 상황에서 증인은 유독 자상에 무게를 두고 있습니다. 증인에게 그 이유를 듣는 것은 살인방법과 범인을 특정하는데 매우 중요한 사안입니다. 그리고…."

유생은 증인석에 서 있는 이범석을 돌아보며 말을 이었다.

"증인 이범석은 피고인 이경찬과 함께 증거를 조작했다는 혐의로 수사 중에 있습니다."

"단지 수사중에 있다는 것만으로는 이유가 되지 못합니다! 증인은…."

이기범의 말을 끊고 유생은 단호하게 그리고 또렷하게 말했다.

"그렇기 때문에 중요한 것입니다. 증거조작 의혹을 받고 있는 증인이, 두 상처 간에 선후가 분명치 않은 상황에서 왜 유독 자상에 의한 출혈 흔적이 더 의미있다고 생각하는지 말입니다!"

법정은 고요해졌다.

이기범은 뭔가 말을 하려고 했으나 끝내 그의 입밖에 나오진 않았다.

재판장은 고개를 끄덕이며 입을 열었다.

"변호인 측의 이의는 기각하겠습니다. 증인이 두 상처 간의 선후관계가 분명치 않다고 인정한 이상, 왜 유독 자상만을 더 중요시 하는지 이유를 듣는 것은 필요해 보이는군요."

재판장 김동수는 이범석을 보며 말을 이었다.

"증인, 검사의 질문에 대답하세요. 왜 자상이 더 중요하다고 생각하는 겁니까?"

"그, 그건…."

이범석은 살짝 긴장한 듯 준비해 온 물을 한 모금 마시고는 입을 열었다.

그 모습을 본 유생은 회심의 미소를 지었다.

'역시 흔들리고 있어.'

방금 전 유생이 증거조작 혐의를 들먹거린 효과가 나타난 순간이었다.

이범석은 당황한 기색을 애써 숨기며 입을 열었다.

"목에 난 흔적과 다섯 군데의 자상. 두 상처의 선후는 부검만으로 알아내기 힘든 것들입니다. 따라서 저는 이 둘을 놓고 객관적으로 봤을 때, 즉 두 상처가 동시 혹은 밀접한 시간 안에 생긴 것이라 가정하고 판단한 것입니다. 그럴 경우 목의 상처보다는 자상이 더 치명적인 상처임이 분명합니다."

그의 말은 논리적이었다. 허나 맨 처음의 선언처럼 파격

적이진 못했다.

“그렇다면 만약, 두 상처가 동시에 생긴 것이 아니라는 증거가 발견된다면 판단이 바뀔 수도 있다는 것입니까?”

유생의 물음에 이범석은 한층 수그러든 목소리로 대답했다.

“네. 그렇습니다.”

유생은 잠시 이범석을 노려보았다. 눈이 마주친 이범석은 담담히 그의 시선을 받아내고 있었다.

‘거짓이 아니군.’

유생은 빙긋 웃으며 입을 열었다.

“그렇다면 저희 측에서는 두번째 증거를 제시하겠습니다. 이것은 목에 난 상처가 자상보다 선행한다는 것에 대한 증거입니다.”

그의 말이 떨어짐과 동시에 화면에는 하나의 사진이 나타났다. 동시에 법정의 공기는 다시 바뀌었다.

지금까지 삐딱한 자세로 앉아있던 이들은 자세를 바로 했고, 기자들이 손은 다시 바쁘게 움직이기 시작했다.

◇

화면에 나타난 사진은 보는 이들의 기대와는 다른 것이었다.

평범한 나이트클럽의 룸 사진.

반듯하게 놓인 테이블 위에는 아무것도 놓여 있지 않았고, 깨끗한 바닥에는 시체가 쓰러진 형태로 흰 선이 그려져 있었다.

이를 본 기자들은 고개를 갸웃거리며 소곤거렸다.

- 응? 사건이 일어난 현장 사진인가? 아무것도 없는데?
- 저게 무슨 증거라는 거야?
- 헐… 검사가 헛물켜는 거 아니야?

사진을 보고 미심쩍은 표정을 짓는 건 그들 뿐만이 아니었다. 세명의 판사들도 삐딱한 눈빛으로 보고 있었다.

허나 그 중 단 한명.

증인대에 선 이범석 과장은 아니었다. 그의 표정은 딱딱하게 굳어져 갔다.

재판장이 먼저 입을 열었다.

"검사. 이게 뭐에 대한 증거라고 했죠?"

그의 물음에 유생은 빙긋 웃으며 대답했다.

"이것은 목의 상처가 자상보다 먼저 있었다는 것을 밝혀주는 명백한 증거입니다."

유생은 모두를 돌아본 다음 판사를 보며 다시 입을 열었다.

"방금 전 여기 증인이 범행수법에 대해 추측했던 발언을 기억하실겁니다. 주사님, 아까 그 부분 읽어 주세요."

재판장이 끄덕이자 기록을 담당한 행정관은 유생이 지적한 부분을 읽어내려갔다.

[피해자의 목을 조르면서 강간을 시도하던 범인이 갑작스럽게 살인 충동을 느꼈고, 이에 칼을 들어 살인을 저질렀다고 생각합니다.]

유생은 의미심장한 웃음을 지으며 입을 열였다.

"증인의 말처럼 범행이 일어났다고 한번 상상해 보죠. 범인이 끈으로 피해자의 목을 조르면서 강간을 합니다. 그러다 갑작스럽게 살인 충동을 느꼈고, 이에 자신이 소지하던 칼을 꺼내 피해자의 몸을 다섯 번 찌릅니다."

묘사와 함께 칼로 찌르는 몸짓을 보이자 모든 이들은 사건 당시의 그 끔찍한 광경을 직접 보는 것 같은 느낌을 받았다.

법정의 대부분의 사람들은 그 잔인한 수법에 얼굴을 찌푸렸고, 유생은 그들을 보며 다시 말을 이었다.

"만약 범행이 그런 식으로 일어났다면 사건 현장에는 반드시 있어야 하는 것이 있습니다."

유생은 레이저 포인터로 사진의 한 곳을 가리켰다.

노란색으로 씌여진 날짜와 시간.

"이 사진을 찍은 시점은 경찰이 철수한 직후, 즉 이제 막 현장보존용 테잎을 걷어가고 있을 때입니다. 그리고 그때 저는 지배인에게 한 가지 사실을 확인했습니다."

동시에 유생은 녹음된 음성 파일을 재생시켰다.

– 혹시 이 방, 사건 발생 이후에 물청소를 한다거나 한 적이 있습니까?

– 그럴리가요. 경찰 온 다음부턴 전혀 건드리지도 않았어요. 아니, 건드릴 수도 없었죠. 여기 다 테이프 쳐놓고 해서 들어올 수도 없었거든요.

레이져 포인터는 이제 바닥을 가리키고 있었다.

시체가 쓰러진 형태로 그려진 흰 선.

"모두 보시다시피 이곳은 사건이 일어난 현장이고, 바닥은 깨끗합니다. 바닥 뿐만이 아닙니다. 소파, 테이블 그 어느 곳에도 핏자국은 찾아볼 수 없습니다."

이제 법정의 모든 이들은 알게 되었다.

그가 보여준 현장 사진의 의미를.

이곳에서 칼로 범행이 이뤄졌다면 반드시 핏자국이 있어야 했다. 그것도 치사량이 넘는 피가 흘렀던 흔적이.

유생은 푸른 안광을 뿜어내며 이범석 과장을 보았다. 그는 더이상 유생의 시선을 받아내지 못했고, 고개를 숙였다.

"범행이 일어난 현장에는 핏자국이 없었습니다. 그리고 시신에는 두 가지의 의미있는 상처가 있었죠. 칼로 인한 자상과 끈에 의해 생긴 상처.

자, 이제 대답해보시겠습니까? 증인. 국과수 부검2과 과장의 신분에서 볼 때 본 시신의 가장 직접적인 사인은 뭐라고 생각하십니까?"

이를 한번 악문 그는 천천히 입을 열었다.

"…교살… 입니다."

유생은 빙긋 웃고는 다시 입을 열었다.

"여기에서 한 걸음 더 나아가보겠습니다. 범인은 현장에서 끈과 같은 도구로 피해자를 교살했습니다. 그렇다면 시체에 여기 이 다섯 개의 자상을 낸 자는 누구일까요?"

그의 질문은 법정안을 무겁게 눌렀고 유생의 목소리는 다시 또렷하게 울려퍼졌다.

"그는 부검의가 선후를 파악하지 못할 정도로 근접한 시간 안에 사체를 훼손했습니다. 사건이 경찰에 접수된 시간부터 국과수에 시신이 접수되기까지 걸린 시간은 약 40분. 일단 그 안에 시신을 접한 자들은 모두 그 가능성이 있다는 사실을 짚어 두겠습니다."

유생은 다시 재판장을 보며 입을 열었다.

"여기 현장 사진과 녹음기록을 두 번째 증거로 제출합니다."

◇

재판장은 고개를 끄덕이며 정리했다.

"현장 사진과 녹음 파일. 이것들은 범행 수법이 교살이라는 사실을 뒷받침하는 증거인 동시에 사체를 훼손한 자를 특정할 수 있는 시간 정황에 대한 증거로 볼 수 있겠군요."

재판장은 변호인 측을 향해 더 신문할 것이 있는지 물었으나 이기범은 그러지 못했다.

완전히 허를 찔린 듯 그는 인상을 구기고 있었다.

◇

"젠장할, 내가 이럴 줄 알았다니까."

이기범의 옆에 앉은 노란 머리의 청년이 인상을 찌푸리며 쓰게 내뱉었다.

강남 나이트살인 사건의 범인으로 기소된 신종호.

아직 구치소에 수감되어 있는 탓인지 그는 황토색 미결수복을 입고 있었다.

"아, 엄만 뭐한 거야. 장태현 변호사 쓰라니까 이런 노땅이나 붙여주고."

노골적인 불평.

게다가 바로 옆에 앉아있는 변호사가 들으라는 듯 큰 소리로 말하고 있었다.

이런 식의 대우를 받아본 적이 없었던 이기범의 얼굴에 불편한 기색이 감돌기 시작했다.

"아직 재판이 끝난 게 아니니 너무 염려는 마십시오."

최대한 정중하게 말했으나 목소리는 가늘게 떨리고 있었다. 이를 눈치챈 신종호의 입꼬리가 살짝 올라갔다.

"염려 말라고? 이봐요, 변호사 아저씨. 그 말, 벌써 두번째 인거 아쇼?"

"네?"

이기범이 눈이 동그래지자 신종호는 기세 좋게 쏘아 붙였다.

"구치소에서 봤을때 기억 안 나? 나 금방 나가게 해준다며? 그때도 염려 말라며? 돈만 있으면 바로 나갈 수 있다고 해놓구선…. 지금이 벌써 며칠째야!"

구치소에 들어간지 벌써 보름이 넘었다.

장태현이 그의 뒤를 봐주던 때엔 이런 적이 없었기 때문에 신종호는 더욱 짜증이 났다.

허나 짜증이 나는 건 이기범도 마찬가지.

'기껏 보석신청 해주니까 판사 앞에서 내일 외국으로 나갈 거라고 대답한 건 누군데….'

보석은 세 가지의 경우에만 허가된다.

[수감생활을 버티지 못할 정도의 중병이거나(병보석), 도주의 우려가 없거나, 보석을 허가해야 할 필연적인 사유가 있을 경우.]

신종호는 젊고 건강한데다 강간살인이라는 중대한 범죄혐의로 기소되었기 때문에 '도주 우려가 없을 것' 에 대한 심사가 가장 중요했다.

따라서 판사는 그에게 간단하게 물었고, 거기서 신종호는 '바로 내일 외국으로 나가야 할 일이 있다.' 고 대답했다.

'도둑질도 손발이 맞아야 하지.'

자기가 한 일은 생각하지 않고 도리어 남 탓만 하니 이기범으로선 기가 찰 노릇이었다.

'아, 괜히 이 놈까지 맡아 가지고….'

그의 안색이 변하자 옆에서 듣고만 있던 이경찬이 나섰다.

"너무 걱정 마세요, 도련님. 이 분 정말 유능하신 분입니다. 작년까지 서울중앙지방법원에서 부장판사를 지내셨고, 변호사로 임관하신 후에는 아직까지 져 본 적이 없어요."

"쳇. 아저씨, 내가 모를 줄 알아요? 다 전관예우빨이지. 그게 무슨 실력이라고…."

신종호가 내뱉은 말에 이경찬의 표정이 변했다. 무엇보다도 그의 말은 이기범의 자존심을 건드렸다.

"방금 뭐라고 했나."

차갑고 또렷한 목소리.

이기범은 굳은 표정이 되어 신종호를 보았다.

"잘 못들었어요? 나이가 들어서 가는 귀를 먹었나…."

신종호는 피식 한번 웃고는 이기범과 눈을 맞추었다. 그리고는 한마디 한마디 또박 또박 말을 이었다.

"다 전관예우 빨이지. 그게 무슨 실력인가요. 안 그래요? 전직 부장판사님."

그 말에 이기범의 얼굴이 붉어지기 시작했고, 신종호는 미소지으면서 덧붙였다.

"이보세요. 돈 벌려면 열심히 하셔야지요. 우리 아빤 개처럼 돈벌었다는데, 우리 아빠한테 돈 받아가시는 분들은 개보다 더 열심히 기어야 하지 않겠어요?"

그 말이 끝나는 순간, 이기범은 다시 평정을 찾았다.

한숨을 푸욱 내쉰 그는 마치 예전 법대 위에서 피고인들을 내려다보는 듯한 표정으로 입을 열었다.

"신화그룹에서 자식을 개로 키웠다는 말을 들은 적 있었는데 그 말이 맞나보군."

이런 식의 독설을 들어본 적 없던 신종호가 눈을 치떴다.

"뭐요?"

발끈한 신종호가 뭐라 말할 틈도 없이 이기범은 점잖게 말을 이었다.

"얘야. 니 아버지가 나한테 돈을 준 이유가 뭔지 아느냐?"

"당연히 날 빼내라고 그런거지!"

"그래, 그 말은 맞다. 근데 내가 묻는 것은 왜 다른 변호사도 아니고 나에게 부탁했냐는 것이다."

"그, 그건… 그야…."

신종호는 대답하지 못했다. 바로 할 말이 떠오르지 않은 탓이었다. 그런 그에게 이기범이 말을 이었다.

"이 나라에선 내가 아니면 너를 감옥에서 끄집어 내줄 사람이 없기 때문이다."

"웃기지 마! 내 담당 변호사 장태현이 있다고. 그 사람이 당신보다는 백 배는 더 나아!"

장태현에 대해선 익히 알고 있었다. 이 바닥에서 그의 명성은 신화와도 같은 것이었으니.

이기범도 부정하지 않았다.

"네 말이 맞다. 장태현이 변호사로서는 나보다 더 낫지. 하지만 그는 여기 없어. 행방불명이지. 지금까지 요 몇년간 그 누구도 장태현을 찾지 못했고, 그건 네 아버지도 마찬가지다."

"거짓말…."

신종호는 믿기지 않는다는 표정이었고 이기범은 차분하게 말을 이었다.

"믿든 안믿든 네 자유다. 하지만 잘 생각해봐라. 누구보다도 확실한 걸 좋아하는 네 아버지가 왜 장태현이 아닌 나를 불렀을까를."

그의 말은 설득력이 있었다.

신화그룹 회장 신동철에 대해서는 아들인 자신이 더 잘 알고 있었기 때문이었다.

"지금 네 죄목이 뭔지는 알고 있느냐?"

신종호는 답하지 못했고 이기범이 말했다.

"강간살인이다. 강간살인을 저지른 자에게 내려지는 형벌은 두 가지 뿐이야. 사형 아니면 무기징역. 그리고 너도 지금까지 봐서 알겠지만 저 검사는 니가 그 여자를 강간하고 살인한 증거를 모두 가지고 있어."

이기범은 반대편에서 대화를 나누고 있는 유생을 가리켰다. 그를 본 신종호의 얼굴이 하얗게 질리기 시작했다.

"그, 그치만… 휴, 흉기가 없잖아요."

"그렇긴하지. 흉기를 없앤 건 잘 한 선택이었다. 하지만 흉기만이 증거는 아니야. 가령 저들이 룸에서 사용한 컵에서 지문을 채취하고 또, 시체의 몸 안에 남아 있는 정액을 채취했다면 어떨까. 얼마 전 검찰에서 네 머리카락을 수집해 가지 않았나?"

"…네."

"지문과 DNA감식결과를 보면 알겠지. 과연 범인이 누구인지."

이기범의 지적은 정확했고, 신종호는 몸을 부르르 떨기 시작했다. 허나 신종호는 굳게 믿고 있었다. 자신은 결코 감옥에 들어가지 않을 것이라고.

그는 마치 어린아이가 그러듯 고집스런 얼굴로 입을 열었다.

"뒤집을 수 있어요. 장태현이라면 충분히…."

"쯧쯧쯧, 순진하긴…. 얘야. 저쪽은 이미 증거를 모두 가지고 있는데, 장태현이 온다고 너를 빼 줄 수가 있을까? 그는 변호사일 뿐이고, 변호사는 진실을 바꾸진 못한단다."

신종호는 고개를 저었다. 허나 그의 입에선 아무 말도 나오지 않았다. 그 역시도 이기범의 말이 맞다는 것을 알고 있었기에.

이기범은 빙긋 웃으며 그의 귓가에 대고 속삭였다.

"지금 구치소 생활이 힘드나? 여기서 유죄판결이 나면 넌 평생을 그곳에서 살아야 해. 나중에 수형자 동으로 옮겨지고 나면 지금 있는 미결수 동에서의 생활이 얼마나 편했는지 그리워질게다. 그러니까……."

이기범은 고개를 떨구고 있는 신종호의 얼굴을 잡아 자신에게 향했다.

"명심해 둬라. 너를 지옥에서 끄집어 내 줄 사람은 나 밖에 없다는 것을. 네가 감옥에 들어가고 나면 네 아버지 돈은 아무런 소용이 없다는 것을 말이다."

그의 말은 신종호가 지금까지 믿고 있던 굳은 믿음을 조각조각 깨뜨렸다. 그것은 오래 전 장태현이 그에게 알려준 것이었다.

- 돈이면 뭐든지 할 수 있는 세상입니다. 당신 아버지가 가진 돈의 힘을 믿으세요.

"흐흑…."

신종호의 눈에서 눈물이 흘러내렸다.

두려움의 눈물.

지금까지 한번도 흘려본 적 없는 눈물이었다. 이기범은 그에게 손수건을 건네며 말했다.

"너무 슬퍼하진 말아라. 아직 다 끝난 건 아니니까."

"저쪽은 증거를 다 가지고 있다면서요. 그럼 다 끝난거 아닌가요?"

이제 신종호는 자신의 또래답게 말하고 있었다. 울먹이는 목소리에는 예전에 깃들어 있던 거만함이나 비웃음같은 건 모두 사라져 있었다.

"판결이 나기 전까진 끝난게 아니지."

이기범은 빙긋 웃으며 말을 이었다.

"아직도 모르겠나? 니 아버지가 나를 선택한 이유. 그건 내가 변호사보다 낫기 때문이다."

신종호가 모르겠다는 표정으로 바라보자 이기범이 덧붙였다.

"나는 진실을 바꿀 수 있다."

희미하게 미소짓는 이기범.

그 얼굴을 보자 신종호의 마음에 한 가지 느낌이 스쳤다.

– 세상은 아직 내 아버지의 돈을 두려워하고 있어. 아직… 희망은 있어!

동시에 신종호의 입가엔 다시 미소가 내비쳤다.

눈물을 흘리기 전의 그 일그러진 미소가.

◇

10분간의 휴정이 끝난 후, 재판장은 진행을 계속했다.

"그럼 증거조사 계속 하겠습니다. 검사는 다음 증거 제시해 주세요."

유생은 다시 일어나 새로운 화면을 띄웠다.

한 장의 보고서.

그것은 현장에서 찾아낸 지문과 시신에서 채취한 정액이 피고인 신종호의 그것과 일치한다는 내용이었다.

"이 보고서는 국과수에서 보내온 구두 회신을 토대로 만들어진 것입니다. 국과수는 오늘 아침 지문과 정액이 신종호의 것임을 확인해 주었습니다."

'이걸로 끝이다.'

범행 수법이 자상이 아니라는 것이 밝혀진 이상, 이 사실은 거의 결정적인 증거였다.

유생은 미소지으며 변호인 측을 바라보았다.

허나 이기범은 당황하지 않고 있었다. 오히려 웃고 있었다.

'뭐지?'

유생의 마음 속에서 불안감이 일었을 때 이기범이 일어나 이의를 제기했다.

"검사님, 지금 보여주신 그 보고서. 정말 국과수에서 보낸 것이 맞습니까?"

이기범의 질문은 유생이 숨기고 싶었던 것을 날카롭게 파고 들었다.

'젠장. 이럴 것 같았어.'

되도록이면 국과수에서 보낸 정식 보고서를 보이고 싶었다. 해서 이른 아침 부검의에게 요청까지 했다.

허나 재판이 시작되기 직전까지도 보고서는 도착하지 않았다.

'별 수 없지.'

유생은 애써 침착한 표정으로 대답했다.

"처음에 밝혔듯이, 이것은 정식보고서는 아닙니다. 구두회신을 토대로 만든 것이죠. 정식 보고서는 다음 기일까지 제출하도록 하겠습니다."

"어허… 정식 보고서도 아닌, 구두회신만을 가지고 증거라고 할 수 있겠습니까?"

"구두라고는 하지만 오늘 아침 감식을 직접 실행한 연구원과 통화한 사실을 토대로 작성한 것입니다. 연구원은 분명히 지문과 DNA가 신종호의 것이라고 확인해 주었습니다. 필요하다면 그 통화내용을…."

그때 이기범이 그의 말을 끊었다.

"어허… 통화를 했다."

이기범은 고개를 저으며 말을 이었다.

"지문과 DNA감식결과. 검사 측에서 제시하고 있는 이 증거들은 이번 사건의 범인을 확인하는 가장 결정적인 증거라는 생각은 안해보셨습니까?"

"그건 맞습니다."

유생이 수긍하자 이기범은 날카로운 눈빛으로 입을 열었다.

"검사는 피고인 신종호를 형법 301조의 2에서 규정한 강간살인 혐의로 기소했습니다. 그리고 강간살인죄의 법정형은 단 두 가지, 사형과 무기징역 뿐입니다.

이렇게 중하게 처벌받을 수 있는 죄의 가장 결정적인 증거를 정식 보고서가 아닌 구두회신만을 가지고 제시한다는게 말이 됩니까?"

이기범의 지적은 유생이 우려했던 만큼이나 날카로웠고, 타당했다.

그때 재판장이 입을 열었다.

"국과수 보고서가 늦어지는 건 종종 있는 일입니다. 검사 측에서는 구두회신을 근거로 들었고 별다른 사항이 없으면 그대로 보고서가 작성될거라 생각됩니다. 어치피 보고서가 도착한 다음에 판결이 이뤄질 것이기 때문에 지금 논의는 큰 의미가 없어 보입니다만….

혹시 변호인은 정식 보고서가 없다는 사실 이외에 검사

가 제시한 증거에 다른 이의가 있습니까?"

"물론 입니다. 재판장님."

고개를 한번 숙인 이기범은 날카롭게 눈을 빛내며 말을 이었다.

"저희는 검사가 제시한 증거와는 전혀 다른 말을 들었습니다. 오늘 오전 국과수에 확인한 결과, 시체에서 정액 같은 건 나오지 않았고, 지문 역시도 여기 있는 신종호의 것이 아니라는 구두통보를 받았습니다."

그의 말은 다시 법정의 분위기를 바꾸어 놓았다. 유생의 말을 정면으로 반박하는 주장.

판이 흔들리고 있었다.

지금껏 유생이 승리를 위해 만들어 놓았던 판이 통째로 뒤집히려 하고 있었다.

◇

'그럴리가!'

유생의 얼굴이 당혹감으로 물들었다.

부검의 이채영과 통화한 건 불과 다섯 시간 전. 분명 그때 그녀는 지문과 DNA 감식 결과를 말해 주었다.

"재판장님. 그럴리가 없습니다. 저는 오늘 오전 분명 담당관과 통화를 했고, 지문과 DNA 일치여부를 확인했습니다."

유생의 말에 재판장은 이기범을 보며 물었다.

"변호인. 지금 발언은 검사가 제시한 증거와 양립할 수 없는 것입니다. 그에 대한 증거는 있는 겁니까?"

"물론입니다."

이기범은 마치 그렇게 묻기를 기다렸다는 듯 씨익 웃으며 품안에서 USB메모리를 꺼내 보여주었다.

"이것은 오늘 아침 제가 국과수 직원과 직접 통화한 내용을 녹음한 파일입니다."

그는 USB를 연결해 파일을 재생했고, 곧 어떤 여성의 목소리가 흘러나오기 시작했다.

– 네, 국과수 부검 2과 김미영입니다.

– 안녕하십니까. 강남 나이트 클럽 살인 사건을 맡은 변호사 이기범이라고 합니다. 검찰의 부검기록과 관련해서 조사할게 있어 이렇게 연락드렸습니다.

– 아, 그 사건이요. 오늘 정식 보고서가 나갈 텐데요.

– 사실 급해서 그렇습니다. 오늘 오후에 첫번째 공판이 있어서요. 그 전에 사실여부를 확인하고 싶어서 연락드렸습니다.

– 아… 어떤 사항이 궁금하신가요?

– 한 가지만 확인해 주시면 됩니다. 피해자의 시체에서 발견된 정액과 룸 집기에서 채취한 지문이 피고인 신종호의 것이 맞는지 여부에 대해섭니다.

– 잠시만요……… 아, 방금 확인을 했는데 시체에서 정액은 검출되지 않았습니다. 그리고 룸 집기에서 채취한 지문은 신종호의 것이 아니라고 하네요.

– 그럼 누구의 지문인지 알 수 있을까요?

– 글쎄요 대부분 의뢰한 자와 일치여부만 확인을 하기 때문에 거기까지는…. 어, 잠시만요. 여기 조사 결과가 또 있네요. 그러니까 이름이… 마동석. 맨 처음 기소되었던 사람이네요. 기록을 보니 지문은 그 자의 것임이 확인되었습니다.

– 그러면 그 결과가 보고서로 나오는 겁니까?

– 네. 별다른 일이 없으면 이번 주 내로 발송될 겁니다.

재생이 끝나자 법정은 다시 술렁이기 시작했다.

방금 전 파일에서 흘러나온 내용들은 지금까지 유생이 제시한 증거와는 전혀 반대되는 내용이기 때문이었다.

방청석에 앉은 기자들은 저마다 자신의 생각을 속삭이기 시작했다.

– 도대체 뭐가 진실인 거야? 주장하는 내용이 서로 완전 다르잖아.

– 분명한 건 둘 중 하나는 거짓말을 하고 있다는 거지.

– 만약 이게 진실이라면 대박인 걸. 지금까지 신유생 검사는 범인이 신종호라는 증거를 제시했잖아. 하지만 방금 전 변호인이 제시한 증거로는 마동석일 가능성도 있어.

– 그게 사실이라면 도리어 진범을 은닉한 건 신유생 검사야. 재판이 끝나는 즉시 기소되겠지.

– 섣불리 판단하긴 아직 일러. 조작일 가능성도 있잖아. 저 변호사는 전관예우를 받는 자라고. 그가 예전 인맥을 동원한다면 이런 식의 증거조작도 불가능하진 않다고 봐.

– 설사 증거조작이라 해도 큰일이군. 증거를 조작했다는 사실을 어떻게 증명할 거야?

의문과 추측은 꼬리에 꼬리를 물었다. 기자들의 생각과 결론은 제각각이었지만 한가지는 확실했다.

이번 재판에서 일어나고 있는 일들은 특종 중에서도 특종이 된다는 것. 그것은 누구도 의심치 않는 사실이었다.

그들은 나름대로의 추측과 기대를 가지고 기사 초안을 적어 내려갔다. 다음 날 헤드라인을 자신의 기사로 장식하길 기대하면서.

반면 유생은 입을 열지 못하고 있었다.

'말도 안 돼. 저건 거짓말이야.'

기가 막힐 노릇이었다. 지금까지 했던 조사내용과는 맥락이 전혀 달랐다.

'어디서부터 파고 들어야 하지?'

유생은 방금 들었던 내용을 곱씹으면서 헛점을 찾으려고 노력했다.

허나 쉽지 않았다. 너무나 많은 생각들이 머릿속을 맴돌았고, 이를 정리하기엔 시간이 필요했다.

유생의 안색이 변한 채 말을 잇지 못하자 한지연 검사가 일어났다. 그녀는 날카로운 목소리로 의문점을 지적했다.

"방금 제시한 녹음파일의 진위여부가 궁금하군요. 먼저 국과수 부검2과에 김미영이란 직원이 있는지 확인하고 싶습니다."

그녀의 질문은 예리했지만 목소리 만큼은 아니었다.

이기범은 미리 예상하고 있었다는 듯 씨익 한 번 웃고는 바로 새로운 화면을 띄웠다.

피라미드 모양의 지도. 그것은 조직도였다. 이기범은 빙긋 웃으며 입을 열었다.

"보시다시피 이것은 국과수의 전체 조직도입니다. 그리고 여기에는 방금 전 저와 통화를 했던 직원의 이름이 있군요."

그가 포인터로 지적한 곳에서는 부검2과라 적혀 있었

고, 거기에는 과장 이범석의 이름과 그 밑으로 이채영, 김미영 등의 이름이 씌여 있었다.

허나 한지연은 고개를 저으며 말했다.

"아니. 그걸로는 부족합니다. 당신과 직접 통화한 자가 김미영이 맞는지 확인하지 못한다면 그 녹음파일의 내용은 신빙성이 없습니다!"

그녀의 지적은 맞았다. 설사 조직도에 이름이 나와있다 해도 목소리만으로는 그녀가 김미영이라는 건 알 수 없다.

이번에도 분명 날카로운 지적이었지만 이기범은 여유를 잃지 않고 대답했다.

"이것은 오늘 증인으로 출석한 부검2과 이범석 과장이 직접 제출한 자료입니다. 검사 측에서 요구한다면 김미영을 증인으로 출석시킬 의향도 있습니다."

한지연이 막 무어라 말하려던 때, 유생이 그녀의 팔을 잡았다.

그리고는 그녀 대신 일어서서 말했다.

"됐습니다. 방금 전 통화 내용이 국과수 김미영과의 대화였다는 사실에 대해선 더이상 다투지 않겠습니다."

더 이상 다투지 않겠다는 것은 그것을 사실 그대로 인정한다는 뜻. 유생의 말은 의미심장했다.

한지연은 절대 안된다고 눈짓 했지만 유생은 고개를 저었다.

'이범석 과장이 개입했다면, 이걸 물고 늘어지는 건 의미가 없어.'

유생은 어렴풋 상황이 어떻게 돌아가고 있는지 눈치 챘다. 그리고 이미 흐름이 변했다는 사실도 느끼고 있었다.

법정은 다시 소란스러워졌다. 기자들은 이 기막힌 상황이 이해가 되질 않았다.

– 다투지 않는다니. 이거 어떻게 되어가는 거야?

– 변호인 측 증거를 사실로 인정한다는 건데… 그러면 결국 그 전에 제출한 자료들을 부정하는 꼴이 되는 거잖아?

– 헐… 신 검사 믿고 있었는데… 이렇게 무너지는 건가?

잠시 후 법정을 진정시킨 재판장이 유생에게 물었다.

"더이상 다투지 않겠다고 했는데, 그렇다면 검사 측에서는 변호인이 제출한 증거를 모두 인정하겠다는 것입니까?"

"그건 아닙니다. 저희가 인정한 건 방금 전 통화가 국과수 직원과의 통화가 맞다는 사실 뿐입니다."

유생은 이기범과 눈을 마주치며 입을 열었다.

"저희는 통화 내용, 즉 지문과 DNA일치 여부에 대해서는 사실과 다름을 주장합니다. 오늘 아침 국과수 부검2과 직원 이채영과 통화한 내용을 반대증거로 제출하겠습니다."

유생은 준비해 놓은 녹음파일을 재생했다.

그것은 아침에 이채영 부검의와 통화하면서 녹음한 내용. 그것이 재생되자 법정은 술렁거리기 시작했다.

뒤이어 지문도 정액도 모두 신종호의 것이 틀림없다는 이채영의 목소리가 흘러나오자 분위기는 다시 가라 앉았다.

동시에 법정의 모든 이들은 혼란에 빠져 들었다.

◇

검사와 변호인, 양 측에서 제시한 녹음파일은 모두 그들이 말한대로였다.

허나 그 내용은 정 반대.

둘 중 하나는 거짓이 분명했지만 이를 증명하기 위해선 다른 증거가 필요했다.

사실확인을 위해 재판장은 다시 10분간 휴정을 선언했고, 덕분에 유생은 숨을 돌릴 수 있었다.

한지연이 답답한 듯 한숨을 내쉬며 말했다.

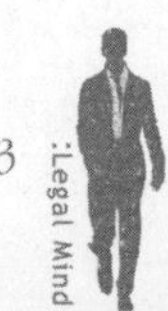

"도대체 어떻게 된 거지? 어째서 같은 부서의 직원들이 말이 서로 다른 거야?"

"글쎄요…."

유생은 마음이 짚이는게 있었지만 입 밖에 내긴 쉽지 않았다. 그건 결코 민주국가에선 일어나선 안되는 일이었기 때문이었다.

"직접 확인해보면 바로 알 수 있는 거야. 어차피 시체와 룸 집기들은 국과수에서 보관 중일 테니까."

그녀의 말은 맞았다. 증거물이 남아있다면 누가 거짓말을 하는지는 바로 알 수 있다.

유생도 끄덕이며 입을 열었다.

"그러게요. 확인하면 바로 알 수 있는 사실일텐데… 왜 거짓 증거를 만든 걸까요?"

"일단 확인해보자. 그 부검의한테 전화해서 보고서 보냈냐고 물어봐."

"네."

유생은 휴대폰을 꺼내 전원을 켰다.

맑은 신호음과 함께 화면이 켜지자 곧 열 건이 넘는 부재중 전화를 확인할 수 있었다.

'누구지?'

발신자는 모두 이채영 부검의.

이를 확인한 유생은 서둘러 전화를 걸었다.

신호음이 두 번도 채 들리기도 전에 상대가 전화를 받았고, 익숙한 음성이 흘러 들어왔다.

– 검사님, 저 여기 있어요. 여기 뒤에요.

"네?"

유생은 놀란 눈으로 방청석을 돌아 보았고, 한쪽 구석에서 한 여성이 손을 흔들고 있는 것을 확인했다.

그녀는 이채영 본인이었다.

초조한 얼굴로 유생에게 다가온 그녀가 주변을 한번 두리번 거렸다. 그리고는 작은 목소리로 속삭였다.

– 큰일났어요, 검사님.

– 무슨 일인데요?

아직 모르겠다는 표정을 짓고 있는 유생에게 다시 그녀가 속삭였다.

– 사라졌어요.

– 뭐가요?

– 전부 다요.

◇

이채영이 직접 전달한 말들은 도저히 믿기지 않는 것이었다.

'국과수에서 보관했던 증거들이 전부 사라지다니.'

지문 감식을 위해 받아둔 집기류와 정액. 거기에 피해자의 시체까지.

이채영은 시체의 행방을 추적하다가 이미 유족에게 넘겨져 납골당에서 화장하는 것을 확인한 뒤에야 법원으로 왔다고 했다.

'결국 이렇게 되는군.'

유생은 맨 처음 이 사건을 맡았을 때 가장 우려하던 상황이 일어났음을 직감했다.

옆에서 이야기를 모두 들은 한지연이 입을 열었다.

"아무래도 오늘은 여기서 마치는 게 좋겠어. 상황이 너무 좋지 않아."

사라진 증거들은 모두 결정적인 것이었고, 이는 재판을 진행하는데 치명적이었다.

'기일 연기라… 정말 그것밖에는 없나?'

유생은 생각에 잠겼다. 과연 기일 연기를 하는 것이 최선인지 여부를 판단해 보았다.

무심코 방청석을 돌아본 유생은 고개를 저으며 입을 열었다.

"안돼요. 만약 여기서 기일을 연기하게 되면 언론은 이 사건을 덮으려고 할 겁니다."

방청석에서 서로 이야기를 주고 받는 기자들.

그들은 대부분 신문과 케이블 방송 기자였지만 지상파

방송 기자들도 드문드문 끼어 있었다.

"이기범이 제시한 증거가 너무 좋았어요. 사실 여부를 떠나 그가 주장한 내용이 언론을 타면 여론에 안좋은 영향을 미칠 겁니다. 그것도 극단적으로."

확실하지도 않은 증거를 가지고 기소한 검사. 대중이 물어뜯기에 딱 좋은 먹잇감이었다.

이기범이 그런 증거를 제시한 것은 이를 이용할 의도가 깔려있는 것이 분명했다.

"만약 여기서 기일을 연기하면 다음 변론까지는 최소 3주, 보통 한 달 이상은 기다려야 합니다. 그 시간은 여론이 뒤집히는데 충분한 시간이에요."

"하지만 어떻게 할건데? 놈들은 이미 증거를 모두 없앴어. 이대로 계속 진행하면 우린 깨질 뿐이야. 여기서 지면 여론이 문제가 아니야. 모든 게 끝나는 거라구."

한지연은 벌써부터 낙담하고 있었다. 지금까지 전관 변호사를 상대해서 번번히 깨져왔던 그녀로서는 답이 떠오르지 않았다.

유생은 시계를 한번 보고는 눈을 감았다. 개정까지 남은 시간은 1분 남짓.

개정되면 재판장은 분명 기일을 연기할 것인지 물어 볼 것이다.

'어떻게 해야 할까?'

언론을 이용하려는 상대의 수가 보이긴 했지만, 아무런 승산도 없이 재판을 계속하는 것도 곤란했다.

'증거는 모두 사라졌어. 놈은 그걸 백분 이용할 거야.'

유생은 자신이 이기범의 입장이라 여기고 생각을 계속했다.

'증언은 모두 소용없겠지. 증인을 세우면 반대 증인을 세울테고… 그 말들을 증명할 물증은 이미 사라진 상태야. 그렇다면….'

남은 결론은 하나였다.

'의심스러울 때는 피고인의 이익으로.'

얼마전 꾸었던 꿈에서 장태현이 했던 말이었다.

그때 한지연이 다시 입을 열었다.

"분하지만 연기하는 수 밖엔 없어. 증거들을 좀 더 수집해서 다시 붙어보자."

그녀의 설득에 유생은 눈을 번쩍 떴다.

'증거?!'

그 단어는 지금까지 유생이 간과하고 있던 사실을 일깨워 주었다.

'맞아. 놈들은 아직 모르고 있어!'

바로 한시간 전까지만 해도 유생은 승기를 잡고 있었다. 그럴 수 있었던 것은 놈들이 세운 거짓 증인을 뒤엎을 만한 '증거'가 있었기 때문.

'내가 직접 수집한 증거. 그건 아직 유효해!'

유생의 머리는 다시 빠르게 회전하기 시작했다. 사건의 시작부터 지금까지 그가 직접 수집한 증거들.

그들을 모두 떠올리자 유생의 입가엔 미소가 비쳤다. 유생은 한지연을 보며 입을 열었다.

"증거는 이미 사라졌어요. 기일을 연기한다 해도 찾아낼 것은 없습니다."

"그치만… 이대로 이길 수 있겠어?"

한지연의 걱정스러운 물음에 유생은 대답했다.

"완벽하진 않겠지만 가능해요, 오늘이라면. 하지만 오늘이 지나면…."

유생은 고개를 돌려 이기범을 노려보며 말을 이었다.

"모든 게 사라질 지도 모릅니다."

제 24 장

: 의심과 확신

NEO MODERN FATASY STORY & ADVENTURE

변호사

얼마 후 예상대로 재판장은 이기범과 유생을 불렀다. 그는 자못 심각한 얼굴로 물었다.

"신 검사, 이대로 계속 진행할 텐가? 이미 결정적인 증거는 뒤집힌 걸로 보이는데. 혐의를 입증하려면 아무래도 추가 조사가 필요한 것 아닌가?"

이기범도 너털웃음을 지으며 옆에서 거들었다.

"판사님 말이 맞네. 괜히 여기서 오늘을 고집할 필요는 없어. 좀 더 자료를 갖춘 다음에 재판해도 괜찮을 것 같은데. 그게 자네의 신상에도 좋지 않겠나."

비릿한 웃음에 탁한 눈빛. 생각해준다는 투로 말하는 그의 모습은 마치 능구렁이 같았다.

그 모습을 보니 유생은 자신의 추측이 맞다는 것을 확신했다.

'역시 기일 연기를 노리고 있는게 분명해. 허나 네놈이 바라는 대로 기일이 연기되면 진짜로 난 모든 것을 잃고 말겠지.'

유생은 빙긋 웃어 보이고는 고개를 저으며 말했다.

"문제 없습니다. 이대로 진행하겠습니다."

재판장은 의아스런 눈빛으로 유생에게 말했다.

"정말 괜찮겠나? 이건 자네를 위해서 하는 말이야."

"괜찮습니다."

유생은 단호한 목소리로 말을 이었다.

"오늘 기일을 연기한다고 해서 없던 증거가 다시 생겨나진 않습니다. 게다가 아직 증거는 남아 있습니다. 적어도 준비해 온 증거 조사까지는 오늘 끝내게 해 주십시오."

말을 마친 유생은 이기범과 눈을 마주쳤다.

순간적으로 유생의 눈에서 푸른 빛이 번쩍였고, 이를 본 이기범은 머리털이 쭈뼛 섰다.

'뭐, 뭐지 이 녀석? 노리는 거라도 있나?'

그때 판사가 고개를 끄덕이며 입을 열었다.

"신 검사 생각은 알겠네. 그럼 오늘 자네가 준비한 증거 조사까지는 모두 끝내도록 하지."

"감사합니다."

판사는 이기범을 보며 말을 이었다.

"들었다시피, 오늘 늦어지더라도 증거조사는 모두 마치도록 하겠습니다. 혹시 이의 있습니까?"

"아니요, 없습니다. 끝까지 최선을 다하겠습니다."

판사의 결정이 있은 후 이기범은 서둘러 자리로 돌아왔다. 잠시 오싹한 기분이 들었던 그는 이내 고개를 저었다.

'그럴리가…. 이제 놈이 가진 증거 따윈 없어. 남은 건 증인들 뿐이지. 그리고 증인들의 말은 언제든지 번복할 수 있는 것이고.'

맞은편에 앉은 유생을 보니 누군가와 통화를 하는 듯 했다.

뭐라고 말하는지 들리지 않았지만 그의 얼굴에서는 패배의 기색은 보이지 않았다.

'발버둥을 치는구나. 허나 누구에게 전화를 하건 너는 내가 짜 놓은 판을 벗어날 수는 없을 것이다.'

이기범도 전화를 꺼내 들고는 번호를 눌렀다.

익숙한 신호음 끝에 한 남자의 목소리가 들리자 이기범은 씨익 웃으며 입을 열었다.

"여어, 김 형사. 준비는 잘 되었겠지?"

음험한 목소리로 입을 연 이기범.

이제 그도 마무리 작업을 하기 시작했다.

◇

"알았어. 오늘 일찍 들어간다니까. 근데 우리 영남이는 잘 있지? 울지는 않고? 영남이 좀 바꿔줘 봐. 뭐 어때~ 아빠 목소리 듣는 건데."

묵직한 목소리에 건장한 체격. 휴대폰으로 전화를 하는 남자의 얼굴엔 미소가 가득했다.

아이의 옹알거리는 소리가 들리자 그는 자신이 아이가 된 것 처럼 헤벌쭉 웃었다.

"에구, 우리 영남이. 오늘도 잘 놀고 있어. 엄마 말씀 잘 듣고. 아빠 곧 들어갈께."

생후 2개월. 너무 어려 아직 말을 알아들을 리 없었지만 남자는 열심히 대화를 시도했다.

10분이 지난 후에야 전화를 끊은 남자는 히죽 웃으며 혼잣말을 했다.

"하이고, 참. 벌써부터 이야기를 알아듣는 것 같다니까."

말을 걸면 마치 대답이라도 하는 것처럼 옹알거린다. 그 목소리를 들을 때마다 그의 마음은 벅차 올랐다.

첫째 딸을 봤을 때만해도 이 정도는 아니었는데 이번에 아들을 보니 지금 그는 숨만 쉬어도 행복했다.

"내 말을 알아듣다니… 혹시… 천재 아냐?"

천재가 아니라도 상관없었다.

아이가 커가는 모습을 상상하면 설레는 마음을 진정시킬 수가 없었다.

'초등학교에 들어가면 날마다 캐치볼을 해야 겠어. 공부보단 체력이 중요하니까. 아니 그래도 공부는 해야 먹고 살 수는 있는데….'

벌써부터 10년치 걱정을 한꺼번에 하고 있는 그였다.

마음을 진정시키기 위해 커피 한잔을 마시고 시계를 보니 벌써 두 시.

시간을 확인한 남자는 화들짝 놀랐다.

"헐. 벌써 이렇게 됐네."

남자는 서둘러 제복을 갖춰 입었다.

빳빳하게 다려진 푸른색 제복에 양 어깨에서 빛나는 무궁화 봉오리 세 개.

그는 강남 나이트 살인사건의 초동 수사를 맡았던 김순철 경장이었다.

◇

김순철은 빠른 걸음으로 경찰서를 나와 자신의 흰색 승용차에 탔다.

목적지는 서초동 서울중앙지방법원. 강남 경찰서에서 그리 멀지 않은 곳이다.

네비게이션을 찍어 본 그가 안도하며 중얼거렸다.

"10분이라… 교통사정도 그리 나쁘지 않고…."

조금 세게 밟으면 5분이면 도착할 수도 있을 것 같았다.

"서두르자. 우리 검사님 뿔나시겠다."

그는 오늘 유생의 부탁을 받아 증인으로 법정에 출석하기로 되어 있었다.

강남 나이트 사건의 초동수사를 맡았던 그는 유생의 증인 요청에 흔쾌히 수락했다.

'그게 뭐 별일이라고. 그나저나 신기한 일이야. 내가 결제 올린 거랑 검사님 사건 파일이 완전히 다르다니….'

지금까지 그런 적은 거의 없었기 때문에 김순철도 이상하게 여기고 있었다.

도대체 누구의 소행일까 고민하던 그는 곧 고개를 저었다.

'검사님이 해결하시겠지. 말단인 내가 고민해 봤자 뭐가 바뀌겠어?'

경찰 생활 벌써 10년이 다 되어가도록 그가 깨달은 사실은 언제나 자신의 직급에 맞게 생각하고 행동해야 한다는 것이다.

처음 의욕과 혈기만 앞선 햇병아리 시절엔 이것을 몰라 실수도 많이하고 엄청나게 깨지기도 했다.

'원래는 좀 빨리 출발하려고 했는데….'

순찰을 돌다가 교통사고 현장을 발견한 탓에 복귀 시간이 지체되었다. 그리고 아들 영남이와 통화를 했던 탓도 있었다.

'아직 늦지는 않았겠지?'

아들 생각에 다시 히죽 웃으며 막 액셀를 밟으며 출발을 하려던 순간 갑자기 누군가 차 앞을 막아섰다.

검은 가죽 점퍼를 입은 한 남자.

그는 김순철이 익히 아는 자였다.

"어? 김 반장님."

김형철 형사반장.

김순철의 직속 상관이었다. 유난히 붉은 얼굴에 흉터가 많고 성격이 불같아 불독이란 별명으로 통했다.

'불독이 무슨 일이지? 내가 실수라도 했나?'

가끔 사무실에서 혼자 히죽대고 있으면 면박을 주기도 했던 터라 김순철은 문득 불안해졌다.

그는 창문으로 고개를 내밀며 말했다.

"반장님, 저 퇴근 하는 거 아닙니다. 아까 박 경사님께 보고 드리고 나왔어요."

"알어, 임마. 너 법원 가지?"

"네."

김순철이 끄덕이자 불독은 보조석 문을 벌컥 열고는 자리에 앉았다.

"마침 잘됐다. 같이 가자. 나도 법원 가야 하거든."

"네?"

눈이 동그래진 김순철에게 불독이 다그쳤다.

"뭐해. 빨리 가지 않고. 나 늦었어."

"아, 네."

늦은 건 김순철도 마찬가지.

그는 주저하지 않고 액셀을 꾸욱 밟았다.

◇

강남대로를 달리는 흰 색 아반떼.

그 안에서는 어색한 침묵이 흐르고 있었다. 김순철은 평소 불독을 어려워 했던 터라 쉽게 입을 열기는 어려웠다.

"저… 음악이라도 틀까요?"

조심스럽게 물었으나 불독은 바로 잘라버렸다.

"아니, 그건 됐고."

그는 김순철이 지금껏 한 번도 들어본 적 없는 부드러운 목소리로 입을 열었다.

"너, 둘째 봤다며? 그것도 아들."

"네."

김순철의 얼굴은 다시 미소로 가득찼다.

"이름이 뭐야?"

"영남이에요. 김영남"

"영남이라… 이름 좋네. 예전에 내가 아는 청장님 이름이 영남이었는데. 서영남 청장님이라고."

"아, 그러세요?"

별 연관도 없는 이야기였지만 자기 아들을 경찰청장과 비교해 주니 김순철로서는 기분이 좋았다.

웃음을 감추지 못하는 그에게 불독이 덧붙였다.

"그나저나 자네, 힘들겠어. 요새 자네 봉급으로 애 둘 키우는 거 쉽지 않아."

"맞습니다."

김순철은 당연하다는 듯 바로 수긍했다. 이제 10년차 그의 급여는 월 200만원이 조금 넘었다.

물가를 생각한다면 그 정도 급여로 애들 둘을 키우는 것은 정말 힘들었다.

"그래도 이것저것 공무원 혜택이 있어서 아직까진 버틸만은 합니다."

"지금이야 그렇지만 애들 조금만 커봐. 아직 큰 애 유치원 안들어갔지?"

"네…."

유치원.

보내면 좋겠지만 아직 엄두가 나질 않는다.

"너무 비싸서 사실 보내지 않을 생각이에요. 한글이나 산수는 집사람이 직접 가르칠 생각이구요."

김순철의 대답에 불독은 씁쓸하게 웃으면서 말을 이었다.

"유치원은 그렇다 쳐도 학교 들어가기 시작하면 아이들 한 명당 100만원은 우습게 깨져. 도시락 싸는 것도 그렇고 학원 하나 안다니면 친구가 없어."

"그것도 그렇겠네요."

"그것 뿐인가? 애들 옷이나 장난감이 요새 얼마나 비싼데."

"정말 그렇더라구요."

김순철도 아이들 용품이 비싼 건 실감하고 있었다. 첫 아이 때 선물 받은 유모차가 지인에게 들으니 100만원이 넘는단다.

거기다 기저귀며 분유값도 상당했다.

"돈 생각하면 아이 낳는 시대가 아니야, 지금은."

"어휴…. 맞는 말씀이십니다."

마음이 무거워지는 이야기였지만 김순철은 고개를 저었다. 둘째 아들 영남이를 보면서 자신은 얼마나 마음이 부풀어 올랐던가.

"그래도, 뭔가 수가 보이겠죠. 예전에 우리 집도 가난했는데 때가 되니까 막 뭐가 생기더라구요."

"그래. 내 말이 그 말이야. 뭔가 수가 생기겠지."

불독은 의미심장하게 웃었다.

그리고는 품에서 뭔가를 꺼내 김순철의 품안에 넣어주며 말했다.

"받아 둬."

"이, 이건…."

마침 신호등에 걸려 김순철은 얼른 봉투를 열어 보았고, 곧 그 안에 들어있는 빳빳한 흰색 가계수표를 확인할 수 있었다.

언뜻 봐도 천만원은 되어 보이는 두께.

이를 확인한 김순철의 눈이 휘둥그레졌다.

"왠 돈이에요?"

어리둥절해 하고 있는 그에게 불독은 미소를 지어 보이며 입을 열었다.

"애들 유치원 보내야지. 어렸을 때부터 친구없이 자라면 아이가 얼마나 외롭겠나?"

그 말에 김순철의 마음이 뜨거워졌다. 그는 진정 감동하고 있었다. 감동이 막 고조되고 있을 때 불독이 입을 열었다.

"오늘 자네 증인으로 출석하지?"

"네. 맞습니다."

기분이 좋아진 김순철은 기가 막히다는 듯이 웃으며 말을 이었다.

"지난 번 강남 나이트 사건 있잖아요. 그것 때문에 검사님이 오셨는데, 그분이 보여주신 사건 파일이 제가 초동수사 때 올린 보고서랑 완전 다른 거에요."

"그래? 뭐가 그리 다르던가?"

불독이 빙긋 웃으며 묻자 아직 아무것도 눈치채지 못한 김순철은 다시 입을 열었다.

"그러니까 흉기 있잖아요. 분명 그때 피묻은 끈을 발견했고, 사건 자료에도 그렇게 접수를 시켰는데 거긴 칼이라고 되어 있더라구요."

"그리고?"

"또 제가 범인을 그날 밤에 화장실에서 잡았는데, 거긴 참고인으로 경찰서에서 조사를 받던 중 잡혔다고 되어 있었구요. 참… 신기하죠? 누가 그랬는지 몰라도…."

김순철의 말에 불독은 희미하게 미소지으며 안주머니에서 누런색 서류 봉투를 하나 꺼내 그에게 건넸다.

언뜻 봐도 그 안에는 아까같은 봉투가 다섯개는 들어있는 것 같았다. 그것이 돈이라는 것을 짐작한 김순철의 눈이 동그래졌다.

"저, 이건… 왜 또…."

이제 불독의 눈빛은 바뀌어 있었다. 그는 단호한 목소리로 입을 열었다.

"잘 듣게. 자네가 그날 발견한 흉기는 칼이었어. 그리고 범인은 참고인 조사 중에 발견되었고."

"네?"

화들짝 놀란 김순철이 되물었다.

"그게 무슨…."

불독은 표정을 바꾸고는 다시 엄한 목소리로 대답했다.

"딱 한 번만 더 말하지. 그날 니가 발견한 흉기는 칼이야. 그리고 범인은 참고인 조사 중에 발각된 것이고."

"하, 하지만… 그건…. 범죄… 그 뭐냐… 위증이잖아요."

"범죄?"

불독은 싸늘하게 웃으며 말을 이었다.

"너도 10년 동안 이 짓 해봐서 알 거 아니냐. 범죄가 되려면 먼저 걸려야지. 안 그래?"

김순철은 불독이 뜻하는 바가 무엇인지 알아들었다.

법이 있고, 이를 어겨도 경찰에 걸리지만 않으면 범죄가 되진 않는다.

세상엔 법을 어기는 사람이 무수히 많지만 그중에 범죄자가 되는 것은 극히 일부 – 걸린 사람들 뿐이다.

그의 안색을 살핀 불독이 다시 말했다.

"국가에 충성하고, 너 혼자 법 지키면서 살아봤자 득 될 거 하나도 없어. 너도 알잖아. 공무원들 다 뒤로 돈받아 먹는거.

세무 공무원들은 조사 나갈 때 마다 탈세하는 기업 삥 뜯는 거고, 우린 한번 눈감아 주는 걸로 범죄자들 삥 뜯는 거지."

이제 김순철은 불독이 건네는 돈의 의미가 무엇인지 깨달았다. 그리고 왜 검사가 가지고 있는 사건기록이 자신이 초동수사했던 기록과 달라졌는지도.

"그치만… 걸리면…."

"그럴리가 없잖아."

불독은 누런 이를 드러내며 웃었다.

"진실을 아는 건 우리 뿐이라고. 우리가 말을 맞추면 안 걸려. 그러니까 한번만 눈 감자."

그는 봉투를 김순철의 품 안에 넣어주며 말했다.

"큰애 작은애 모두 유치원은 보내야지. 일 끝나면 이거 두 배 만큼 더 줄께."

이제 신호등은 파란 불로 바뀌었다.

김순철은 떨리는 손으로 봉투를 받아들었고, 불독의 입가에는 미소가 짙어졌다.

◇

법정에서는 증인 신문이 계속되고 있었다.

변호인 이기범의 신청으로 나온 증인은 피고인 신종호.

그는 뻔뻔스러운 얼굴로 범행을 부인하고 있었다.

"전 그때 거기 없었다니까요."

"정말입니까?"

유생은 차가운 눈빛으로 말을 이었다.

"피고인. 여기서 거짓말을 할 경우 위증죄가 추가됩니다. 진짜로 사건 당일 나이트 클럽에 간 적이 없습니까?"

신종호는 잠시 주춤했으나 곧 표정을 바꾸고는 답했다.

"아, 그렇다니까요. 저기 안 보이세요? 아까 변호사가 보여줬잖아요."

그가 가리킨 것은 프로젝터로 비춘 화면이었다.

종로에 있는 쌀국수 집에서 결제된 카드 영수증. 조금 전 이기범이 증인 신문을 하면서 증거로 제출한 것이었다.

"그날 그 시간엔 종로 쌀국수 집에서 친구들이랑 저녁 먹고 있었다구요."

증거와 증언으로는 분명 알리바이가 성립했지만 유생으로선 미심쩍은 부분이 많았다.

'저 결제 내역은 믿기 힘들어.'

국과수에 보관되어 있던 증거물까지 빼돌린 것을 생각할 때 카드 기록이라고 조작하지 못할 리는 없었다.

게다가 결제한 카드는 신화카드.

'그룹 총수인 아버지가 아들의 무죄를 위해 카드 내역 하나 추가하는 것은 그리 어려워 보이진 않는군.'

지금까지 조사한 정황과 증거들은 분명 신종하고 범인이라고 가리키고 있었다. 그가 범인이라고 확신하고 있는 유생에게는 그들이 제시하는 모든 증거들이 거짓으로 보였다.

'분명 조작된 것이다. 하나하나 너의 거짓말들을 확인해 주마.'

유생은 차근차근 신종호를 공격해 들어갔다.

"금요일 밤 10시에 쌀국수 집이라… 저녁식사를 하기엔 너무 늦은 시간인 것 같은데, 혹시 그 집은 자주 가는 편입니까?"

"무, 물론이죠. 전 밤에 거기 자주 간다구요."

당황한 표정으로 우기는 신종호.

유생은 그에게서 틈을 보았고, 거기에 질문을 찔러 넣었다.

"자주 간다고 했는데 그럼 그때 갔던 쌀국수집 이름이 뭐였습니까?"

신체검사 기록을 확인한 유생은 알고 있었다.

신종호는 근시지만 안경을 쓰고 다니지 않는다는 사실을.

'안경을 쓰자니 잘 어울리지 않고, 수술을 하자니 무서

운 탓이겠지.'

평균시력 0.5

증인석의 신종호에겐 제법 거리가 있는 화면의 영수증 내용이 보이지 않을 터.

예상대로 신종호는 잠시 말문이 막혔다. 이미 자주 간다고 말했던 터라 모른다고 대답할 수는 없었다.

"그, 그게…."

신종호는 재빨리 머리를 굴렸다. 그때 이기범이 일어나 말했다.

"재판장님. 지금 검사는 본 사건과는 관계 없는 질문을 하고 있습니다."

유생도 가만히 있지 않았다.

"아닙니다. 신종호가 사건 당시 나이트 클럽에 있었다는 증거가 있습니다. 따라서 신종호가 대고 있는 알리바이는 좀 더 면밀한 검토가 필요합니다!"

양측의 의견을 들은 재판장이 유생에 물었다.

"검사. 지금 질문은 무엇을 확인하기 위한 것입니까?"

"사건 당일 그 시간대에 피고인이 진실로 쌀국수집에 있었는지 확인하는 겁니다. 증언대로 밤 늦게 자주 갔던 곳이라면 당연히 상호 정도는 기억하고 있어야 한다는 게 제 생각입니다."

그때 이기범이 끼어들었다.

"이미 증거물로 카드 내역서를 제출했습니다. 그럼에도 묻는 것은 의도적으로 피고인을 압박하려는 수작입니다!"

"증거물은 충분치 않습니다. 게다가 카드는 피고인 신종호의 부친이 경영하는 그룹 계열사에서 발행한 것입니다. 이것으로 알리바이가 성립되었다고 하기엔 미심쩍은 부분이 너무 많습니다!"

유생의 말은 타당했고, 판사도 고개를 끄덕였다.

"변호인 측 이의는 기각합니다. 피고인 답하세요. 자주 가는 쌀국수 집 이름이 뭐였습니까?"

판사의 질문은 화살처럼 날아갔고, 모두는 신종호의 입을 주목했다.

그때까지 한참을 생각하던 신종호가 입을 열었다.

"포…호아요."

자신없는 목소리. 그의 대답은 작았지만 반응은 컸다.

방청석의 기자들의 손이 바쁘게 움직였고, 판사는 고개를 끄덕이며 뭔가를 적었다.

'역시….'

유생은 빙긋 웃었다.

이기범은 애써 태연한 척 했지만 창백해지는 안색을 숨길 수는 없었다.

다시 신종호 앞에 선 유생이 입을 열었다.

"흠… 이상하군요. 저 영수증에는 호아빈이라 씌여 있

는데요? 그날 포호아에 갔던게 맞습니까?"

그 말에 신종호는 당황한 기색이 역력했다. 그는 재빨리 말을 바꾸었다.

"그, 그럼 호아빈인가보죠."

"아까는 분명 밤마다 자주 가는 곳이라 하지 않았나요?"

말투는 부드러웠지만 그 끝은 날카로웠다.

위기감을 느낀 신종호는 입술을 깨물었고, 곧 이럴 때 어떻게 해야 하는지 떠올랐다.

– 위증죄에서 허위란 자기 기억에 반하는 진술을 말합니다. 즉, 객관적인 사실과 자신의 기억이 다르다 하더라도 자신의 기억대로만 말하면 죄가 되지 않는다는 뜻이지요.

– 그래서 어떻게 하면 되는 건데요?

– 불리한 걸 물으면 기억나지 않는다고 하십시오.

기억나지 않는다.

이것은 예전에 장태현이 그에게 알려준 방법이었다. 그의 말대로 해서 재판에 진 적은 단 한번도 없었다.

신종호는 다시 여유를 찾은 듯 씨익 한번 웃고는 대답했다.

"아, 몰라요. 포호아나 호아빈이나. 벌써 몇 주전에 있었던 일인데 그걸 어떻게 다 기억해요. 어제 먹은 반찬도 기억 안나는구만."

허나 상대는 유생이었다.

그의 수를 훤히 읽은 유생이 차분한 목소리로 받았다.

"기억이 나지 않는다는 말이군요."

이럴 경우 어떤 식으로 대처해야 하는지 유생은 잘 알고 있었다.

이른바 상황정리.

전체적인 맥락을 환기시킨 후 증인이 기억이 안난다고 하는 부분을 부각시켜 의심을 불러일으키는 방법이다.

유생은 재판장과 방청객을 한번씩 돌아본 후 말을 이었다.

"피고인의 진술과 증거는 웬지 의문점이 많이 남습니다. 금요일 밤 10시가 넘어서 쌀국수집에 간다는 것도 그렇고, 자주 가는 집이라고 하면서 정작 상호를 기억하지 못하는 것도 그렇습니다. 게다가 처음엔 마치 기억하는 것처럼 대답했다가 틀렸다고 하니 이제 와서는 기억이 안난다고 하는군요."

전체적으로 의심스러운 부분을 하나씩 짚어 나가자 판사들과 방청객들은 고개를 끄덕였다.

유생은 재판장을 보며 말했다.

"피고인의 진술과 변호인이 제시한 증거물은 어딘지 일

치되지 않습니다. 게다가 증거로 제시한 카드 영수증은 피고인의 부친인 신화그룹 계열사에서 발행한 카드입니다.

이에 대한 조사 없이는 알리바이로 인정할 수 없다는 것이 본 검사의 생각입니다. 증인 신문 마치겠습니다."

◇

"이걸로 괜찮겠어?"

"네, 일단은요."

유생의 대답에도 한지연은 아직 걱정스러운 표정이었다.

"하지만 놈들이 내세운 알리바이를 깬 건 아니잖아."

"그렇죠."

유생은 아직 화면에 비친 영수증을 보며 말을 이었다.

"저걸 깨려면 조사 기간이 필요합니다. 영장도 받아야 하고, 압수 수색도 해야지요."

"그럼 어떻게 해. 아무것도 할 수 있는게 없는데."

유생은 빙긋 웃으며 대답했다.

"너무 걱정 마세요, 선배. 그래도 방금 저는 의심을 남기고 왔잖아요."

"의심?"

한지연의 물음에 유생은 차분한 목소리로 대답했다.

"신종호의 알리바이가 진실이 아닐지도 모른다는 의심

이요. 앞뒤가 맞지 않는 진술과 마지막엔 모르겠다는 태도는 충분히 의심스럽지 않았나요?"

"그건 그렇지만…."

한지연은 미간을 찌푸린채 말을 이었다.

"의심만으론 아무것도 안돼잖아. 너도 알지만 '의심스러울 때는 피고인의 이익으로.' 라는 것이 형사법의 대원칙이라고."

유생은 빙긋 웃으며 동의했다.

"그 말은 맞습니다. 하지만…."

순간 유생의 눈빛이 변했고, 그는 낮은 목소리로 말을 이었다.

"의심이 쌓이고 또 쌓이면…. 확신이 되는 법이죠."

유생이 노리는 것은 그것 뿐만이 아니었다.

'의심을 쌓아두면 하나의 진실은 큰 힘을 발휘하지.'

그는 기다리고 있었다.

충분히 의심이 쌓이기 만을.

유생은 그렇게 조금씩 이 판을 뒤집으려 하고 있었다.

다음 증인은 유생이 신청한 마동석이었다. 증인석에 선 마동석은 당시의 상황을 소상히 설명했다.

"그날 저는 테이블에 앉아 맥주 한 잔 하고 있었어요."

"나이트 클럽엔 혼자 간 겁니까?"

유생의 질문에 마동석은 고개를 끄덕였다.

"네."

"왜 혼자 간 거죠? 대개 나이트엔 친구들과 함께 가는 게 보통 아닙니까?"

"혼자 가는 게 편해서요. 모르는 사람들이랑 춤추는 게 저는 더 재밌거든요."

"그래서 그날 어떤 일이 벌어졌습니까?"

유생은 당시 사건이 일어나던 상황에 대해 물었고, 마동석은 기억을 더듬으며 말을 이어갔다.

"맥주를 마시고 있는데 갑자기 옆에서 비명소리가 들려왔어요. 무슨 일이 있나해서 바라보니까 사람들이 막 몰려드는 거에요. 이상한 생각이 들어서, 다가가 보니까 한 젊은 여자가 죽어 있었습니다."

유생은 한 가지 사실을 더 확인했다.

"혹시… 현장에 피는 있었습니까?"

"아니요. 그냥 여자는 입에 거품 같은 걸 물고 쓰러져 있었어요. 곧 경찰들이 왔고, 키가 큰 경찰 한 명이 오더니 거기 모여있던 사람들을 모두 모아서 경찰서로 데리고 갔어요."

"그럼 증인은 어떻게 범인으로 몰리게 된 겁니까?"

결정적인 질문.

사실 마동석을 부른 이유는 이것을 묻기 위해 불렀다고 해도 과언은 아니다.

마동석은 심호흡을 한번 하고는 입을 열었다.

"강남 경찰서였어요. 그곳에서 차례대로 사람들을 불러서 그… 진술선가…. 그걸 쓰더라구요. 사람이 제법 많아서 제 차례까지는 한 시간 정도 걸렸어요."

"그럼 그 후엔 바로 귀가 했습니까?"

"아니요."

마동석은 마른 침을 한 번 삼킨 다음 말을 이었다.

"이상하게도 진술서를 쓴 사람들 중 몇 명은 귀가 시키지 않았어요. 저도 한 두 시간 정도 더 기다렸구요. 그때 형사 한 명이 와서 저를 불렀고, 저한테 주머니에 뭐가 들어 있는지 내보이라고 하더라구요."

"그래서요?"

"지갑이랑 핸드폰을 꺼냈죠. 그리고 다시 주머니에 손을 넣어보니 뭔가 차가운 게 느껴졌어요. 뭔가 해서 꺼내보니까 있었습니다."

"그게 뭐였죠?"

"칼이요."

그의 말에 법정은 웅성거리기 시작했다.

"피가 말라 붙어 있는 칼이었어요. 크기는 한 15cm 정도 되는…."

"증인의 것이 아니었습니까?"

마동석은 고개를 저었다.

"아니요. 전 그런 거 없어요. 처음 보는 물건이었습니다."

"그 칼. 저 것이 맞습니까?"

유생이 화면을 가리켰고, 그곳엔 예전 사건 기록에 첨부되어 있던 칼의 사진이 있었다.

"네. 맞아요. 그겁니다."

"증인은 직접 맨 손으로 이 칼을 꺼냈다는 것이죠?"

"네."

마동석이 수긍하자 유생은 의미심장한 표정으로 다시 물었다.

"그렇다면 주머니에서 꺼낼 때 맨손으로 만졌기 때문에 이 칼에서 증인의 지문이 나왔을 수도 있겠네요?"

"저는 그렇게 추측하고 있습니다."

마동석의 대답이 시사하는 바는 컸다.

"이상입니다."

유생이 신문이 끝났음을 알리고 자리에 돌아오자 방청석에서 기자들의 손이 일제히 빨라지기 시작했다.

- 결국 범인은 따로 있었고, 누군가가 그걸 은폐하기 위해 마동석에게 뒤집어 씌웠다는 것이군.

– 지금까지 나온 증거로 봤을때 충분히 가능성 있는 이야기야.

– 맞아. 시신에 난 자상과 교살상을 생각해 봐도 그래. 결국 현장에 피가 없다는 건 확실하니까 한유나가 교살당했다는 건 확실해. 그럼에도 시신에 자상이 있다는 건 누군가 은폐시도를 했다는 거야.

– 그렇게 생각하면 모든게 아귀가 맞아 떨어지는 군. 진범은 신종호였고, 이를 숨기기 위해서 신화그룹은 이경찬에게 뇌물을 줬고.

– 이경찬은 그래서 시체에 자상을 만들고, 다른 희생자를 찾아 그를 기소한 거겠지. 그게 마동석이었고.

– 신종호의 알리바이를 위해 가짜 카드내역을 집어 넣기까지. 헐. 이거 완전 영화구만.

아직 모든 증거가 나오진 않았지만 기자들의 눈썰미는 빠르고 정확했다.

그들은 유생이 증명하고자 하는 사건의 줄거리를 알아챘고, 그것이 매우 설득력있다고 생각했다.

'머리가 있다면 당연히 그렇게 생각할 수 밖에 없지.'

유생은 자신의 계획이 어느 정도 성공했음을 느꼈다.

신종호와 마동석의 신문을 통해 그가 노린 것은 사건의 실체를 보여주는 것이었다.

'이제 내일자 헤드라인은 정해졌겠지.'

유생은 기대하고 있었다.

설사 오늘 모든 증거가 드러나지 않아 혐의 입증에 실패한다 해도 신문과 케이블 방송은 방금 드러난 사건의 실체를 떠들기 시작할 것이다.

'확실치 않은 일을 진실로 꾸미는 것. 그것이 진정 언론이 무서운 점이지.'

유생의 계획은 착착 진행되고 있었다.

이기범이 일어나 반대신문을 했지만 마동석의 진실을 뒤집기엔 역부족이었다.

마동석의 신문을 마친 후, 이기범은 재판장에게 말했다.

"아무래도 지금까지의 증언이 매우 엇갈려 있는 것 같습니다."

그의 말에 기자들은 콧웃음을 쳤다.

그들이 보기에도 누가 거짓말을 하고 있는지 뻔히 보였던 탓이다.

허나 이기범이 다시 입을 열었을 때 기자들은 웃음을 멈추어야 했다.

"하지만 진실은 하나입니다. 이 엇갈린 증거와 진실을 바로 잡아줄 사람이 있습니다. 이번 강남 나이트사건의 경찰수사지휘를 맡았던 김형철 형사반장. 그를 증인으로 신청합니다."

김형철 형사반장.

붉은 얼굴에 흉터가 가득한 그가 증인석에 서자 법정은 다시 긴장감으로 가득찼다.

◇

"이번 사건의 경위에 대해 간략히 정리해주시겠습니까?"

이기범의 질문에 김형철은 잡음 섞인 굵은 목소리로 입을 열었다.

"사건기록에 적은 대롭니다. 강남의 나이트 클럽 룸 안에서 살인 사건이 벌어졌습니다.

피해자는 여성이고, 몸에 난 다섯 군데의 자상으로 보아 칼에 찔려 숨진 것으로 확인했습니다.

범인은 사건 당시 참고인으로 소환되어 조사받던 마동석으로 그는 조사 당시 범행에 쓰인 흉기를 가지고 있었습니다. 뭐, 이정도겠네요."

대수롭지 않은 듯이 내뱉은 그의 말은 묘한 파장을 지니고 있었다.

흉기는 칼이었고, 범인은 참고인으로 소환되었던 마동석이었다는 내용은 지금까지 유생이 밝혀낸 진실을 정면으로 반박하고 있었다.

그의 말이 끝나자 방청석은 술렁거리기 시작했다.

단순히 거짓말로 치부하기엔 그의 지위와 목소리는 가볍지 않았다.

– 뭐야. 어떻게 된 거야? 경찰도 검사와 다른 말을 하고 있어.

– 형사반장이 선서를 하고 증언을 했어. 저게 거짓이라면 위증죄로 처벌받는다는 것 쯤을 알고 있을 텐데…

– 하지만 한통속일 수도 있어. 증거가 계획적으로 조작되었다고 가정하면 당연한 반응이지.

– 글쎄. 저 목소리와 눈빛. 거짓말이라고 하기엔 너무 당당하지 않아?

모두는 혼란스러워하고 있었다.

조금 전 유생이 밝혀준 진실이 다시 조금씩 흔들리기 시작했다.

이기범은 뿌듯한 표정으로 주변을 한번 둘러본 다음 다시 물었다.

"방금 전 증인으로 나왔던 마동석은 주머니에 있던 칼이 자신의 물건이 아니며, 처음 보는 것이라고 했는데 이에 대해선 어떻게 생각하십니까?"

김형철은 피식 웃으며 대답했다.

"범인이 흉기를 보고 자기 물건이라고 하는 예는 거의 없습니다. 그리고 자기 것도 아닌데 왜 자기 주머니에서 나왔겠습니까? 또, 국과수에 의뢰한 결과 분명 그 칼에선 마동석의 지문이 발견되었습니다. 이런 명백한 증거가 있는데 자기 것이 아니라고 발뺌하는 건 웃기는 일이지요. 흐흐흐."

김형철이 짓는 웃음은 음산했다.

그는 마동석을 질 나쁜 범인들에 빗대어 말했고, 그가 했던 증언이 거짓이라는 연막을 쳤다.

다시 기자들이 갖고 있던 의문이 깊어지기 시작했다.

이기범은 미소를 지으며 재판장에게 말했다.

"사건수사를 지휘했던 반장의 증언입니다. 과연 범인으로 지목된 마동석의 말과 그의 증언 중에 무엇이 더 우선되어야 할 것인지는 재판장님이 더 잘 알고 있을 것이라 생각합니다. 이것으로 증인신문 마치겠습니다."

그가 자리에 돌아가고 난 뒤 유생이 일어섰다.

증인석 앞에 선 유생은 김형철과 눈을 마주쳤다. 탁하게 흘러나오는 그의 눈빛에서 음험한 살기가 느껴졌다.

'이런 류의 인간은 위험해.'

유생은 말로서는 그를 꺾지 못한다는 것을 직감했다. 또한 사건의 원인이 된 거짓수사기록을 작성한 자라면 진실을 들이댄다해도 가볍게 왜곡시켜버릴 것이 분명했다.

'어차피 놈은 기록이 거짓이라는 것을 알고 있어. 바로 그 점을 이용해야 해.'

생각이 서자 유생은 차분한 목소리로 입을 열었다.

"증인은 흉기가 칼이라고 확신합니까?"

"물론입니다."

김형철은 당연하다는 듯이 말했고, 유생은 화면을 띄웠다.

이전에 제시했던 현장사진.

시체의 형태를 그려놓은 선 이외에는 아무것도 없는 룸 내부의 사진이다.

이를 보여준 유생이 다시 물었다.

"이 사진은 현장보존이 철수된 직후에 찍은 사진입니다. 물론 지배인은 현장을 치운 적이 없다고 증언했습니다. 흉기가 칼이라면 이것은 어떻게 설명하시겠습니까?"

유생의 질문은 정곡을 찌르고 있었다.

물증이 있는 이상 흉기를 칼이라고 하는 건 이제 설득력이 없어보였다.

'어떻게 나오는지 보자. 김형철.'

유생은 김형철의 눈을 마주치며 표정을 살폈다. 기대와는 달리 김형철은 당황한 기색 같은 건 보이지 않았고, 눈도 피하지 않았다.

김형철은 대부분의 거짓을 말하는 자들과는 달리 당당하고 의연하게 대답했다.

"글쎄요. 지배인의 말을 어떻게 믿습니까?"

'뭣이?'

유생의 눈썹이 꿈틀거리자 그는 입꼬리를 올리며 말을 이었다.

"애초에 경찰이 도착하기 전에 지배인이 청소를 했을 수도 있습니다. 그리고 수사는 절차에 따라 진행됩니다. 각 단계를 밟아나가는 과정에서 부득이하게 현장을 치웠을 수도 있고, 그 밖에 다른 이유로 닦았을 수도 있습니다."

그의 말은 그의 외모와는 달리 교묘했다.

처음엔 당황했지만 유생은 곧 이런 자들을 다루는 방법이 떠올랐다.

'어디까지 갈 수 있는지 한번 볼까?'

유생은 날카로운 눈빛으로 입을 열었다.

"그렇다면 증인은 피로 가득한 현장을 직접 보았습니까?"

"…아닙니다."

"그럼에도 범행도구가 칼이라고 확신하십니까?"

"확신합니다."

그의 대답에 유생은 회심의 미소를 지으며 말을 이었다.

“범행도구가 칼이라면 현장엔 반드시 피해자의 몸에서 흘러나온 피로 가득했을 텐데… 넘겨받은 수사파일엔 현장에 피가 있었다는 기록과 현장 사진은 첨부되어 있지 않았습니다. 그리고 현장보존을 철수한 당일 촬영한 현장의 사진은 저렇게 깨끗하지요. 소파에도, 바닥에도, 심지어는 테이블에도 핏자국같은 건 없습니다. 그럼에도 왜 증인은 흉기가 칼이라고 확신하는 것입니까?”

“시체엔 칼자국이 다섯 개나 나있습니다. 그리고 아까 말했듯이 핏자국은 지워졌을 수도 있습니다.”

“그렇다면 증인이 현장을 치우라고 지시했습니까?”

책임을 묻는 질문.

범죄수사규칙에 따라 현장은 보존되어야 하고, 부득이 보존하지 못할 경우에는 현장에 대한 기록을 철저하게 해야한다.

유생은 새로운 화면을 띄웠다.

나이트 내부를 비추는 CCTV 화면. 조명이 어두운 탓에 사람들의 얼굴은 보이지 않았다.

“이것은 사건 당시의 CCTV화면입니다.”

유생의 말에 김형철은 피식 웃으며 말했다.

“하지만 아무것도 보이지 않는 군요. 여기서 뭘 보라는 겁니까?”

유생은 빙긋 웃고는 입을 열었다.

"증인의 지적대로 조명이 어두워 사람의 얼굴 같은 건 확인 할 수 없죠. 하지만 사람이 모여드는 것은 알아볼 수 있습니다."

유생의 말대로였다.

희미한 화면이었지만 사람들이 룸 앞에 몰려드는 것은 충분히 알아볼 수 있었다.

유생은 화면 한쪽 구석을 가리키며 말을 이었다.

"그 뿐만 아닙니다. 사건이 발생한 시각과 경찰이 도착한 시각. 그 이후에 현장에 사람이 드나드는지 여부도 확인할 수 있습니다."

그의 지적은 정확했다.

법정의 모두는 CCTV를 통해 당시 상황을 확인할 수 있었다.

"여기에서 보이는 것처럼 사건발생시간은 밤 10시 40분 정도입니다. 경찰이 도착한 것은 10시 57분 가량이고, 그때까지 또 그 이후에도 이 방을 청소한 사람은 아무도 없습니다. 룸에 흘린 다량의 피를 청소하기 위해선 도구가 필요할 테니까요."

너무나도 명백한 증거.

유생은 다시 김형철을 바라보았다. 이제 그의 얼굴에는 여유따윈 없어보였다.

그리고 변호인 석의 이기범도 식은 땀을 닦는게 보였다.

'거짓말은 하면 할수록 눈덩이처럼 불어나기 마련이지.'

유생은 다시 입을 열었다.

"이 CCTV에 찍힌 것은 분명합니다. 사건 발생 후 경찰이 도착하기 전까진 룸을 치운 사람이 아무도 없었다. 그럼에도 불구하고 흉기가 칼이라는 증인의 말이 사실이 되기 위해선 현장의 피는 이후 누군가에 의해 지워진 것이라 보아야 할 텐데요."

유생은 김형철의 눈을 마주보며 다시 물었다.

"증인은 이 사건의 수사지휘권자입니다. 사건 현장의 혈흔을 치우라고 지시한 것은 당신입니까?"

김형철은 바로 답하지 않았다.

그는 질문에 독이 들어있다는 것을 눈치챘다.

흉기가 칼이었다는 것을 주장한 이상, 현장의 혈흔은 누군가의 의해 치워졌어야한다.

그리고 이를 인정한다면 자신의 과실을 인정한 셈이고, 과실은 곧 징계사유가 된다.

'무슨 답을 하건, 넌 올가미에 걸려들 것이다. 잘 선택해라, 김형철.'

유생은 그가 무엇 때문에 고민하는지 훤히 보였다. 그리고 결국 어떤 식으로 답을 할지도.

잠시 생각하던 김형철이 입을 열었다.

"저는 그렇게 지시하지 않았습니다. 단지…."

그는 이기범과 눈을 한번 마주치고는 입을 열었다.

"그렇게 보고를 받았을 뿐입니다."

"누구에게 보고 받았다는 겁니까?"

"초동수사를 맡았던 김순철 경장에게서 입니다."

김순철 경장.

그의 이름이 나오자 다시 법정은 술렁거리기 시작했다.

'결국 이렇게 나오는군.'

책임의 전가.

지휘계통상 결제권자의 책임은 배제되지 않겠지만 감독 가능성이 없었다는 것을 증명한다면 피해갈 방법은 있다.

'교활한 녀석. 허나 이제 네놈의 연극도 끝이다.'

유생은 김형철을 한번 쏘아 본 후 입을 열었다.

"결국 정리하면 이렇군요. 증인은 단지 결제권자로서 현장을 보고받았을 뿐, 직접 확인한 것은 없다. 그렇다면 진실은 초동수사를 담당했던 김순철 경장의 증언으로 밝혀지겠군요."

유생은 재판장을 돌아보며 말을 이었다.

"이것으로 신문을 마치겠습니다. 다음으로 김순철 경장을 증인으로 신청합니다."

방청석의 기자들이 다시 숨을 삼켰다.

그들은 이 긴 증인 릴레이가 막바지에 이르렀다는 것을

직감했다.

곧 김순철 경장이 증인석에 섰을 때, 모두는 펜을 들고 귀를 기울였다.

드디어 이번 사건의 진실이 드러나는 순간이었다.

◇

법정에 들어선 김순철은 따가운 시선에 주눅들었다.

지금까지 이런 분위기를 느껴본 적이 없었다.

'어쩌지?'

경찰의 증언이란 대부분 사건 기록에 준하는 것으로 그저 세부사항을 참고하는데 불과했다.

허나 지금은 달랐다.

'검사와 경찰의 수사내용이 완전히 달라. 결국 내 증언으로 실체적 진실이 밝혀질 거야.'

오늘 아침까지만 해도 전혀 상상할 수 없었던 상황이었다.

불과 5분 전, 불독에게 봉투를 받으면서 그는 이번 재판의 '관련자' 가 되었다.

그리고 방금 불독 김형철의 증인신문을 보면서 깨달은 바가 있었다.

'이 돈의 의미가 무엇인지 알았어.'

차 안에서 봉투를 받을 때까지만 해도 아이들을 유치원에 보낼 수 있다는 사실에 감격했다.

허나 화장실에서 봉투 내용을 확인한 순간 어느 정도는 짐작할 수 있었다.

'전부 다 수표였어. 발행인은 불독의 처.'

경찰 생활 10년차.

아직 말단이었지만 뇌물이 현금이냐 수표냐에 따라 그 의미가 달라진다는 사실은 알고 있었다.

'신구권이 섞인 현금은 받아도 되는 돈이지. 추적 같은 건 불가능하니까. 하지만 일련번호가 차례대로 찍혀 있는 신권은 현금이라도 추적이 가능해. 그리고 수표.'

뇌물로 준 수표의 의미. 그것은 일종의 협박과도 같다.

'시키는 대로 하지 않으면 종잇조각으로 만들어 버리겠다는 것이니까.'

발행인이 불독의 처 명의로 되어 있는 것은 설사 문제가 생기더라도 그 선에서 추적을 끝낼 수 있다는 의미가 숨어 있다.

'반장님… 당신도 그리 자유롭지는 못하시군요.'

김순철은 눈치 챘다.

모종의 세력이 김형철과 자신을 조종하고 있음을. 그들은 사건의 진실을 숨기고 싶어했고, 이를 위해 적지 않은 돈을 뿌렸다.

'여기서 진실을 말한다면….'

받은 돈은 종잇조각이 될 테고, 김형철은 혼자서 진실의 무게를 짊어질 것이다.

'난 어떻게 해야 할까?'

김순철은 증인대에 올라섰다. 정면 법대 위에서 내려다보는 재판장과 눈이 마주치는 순간 김형철의 말이 뇌리를 스쳤다.

– 진실을 아는 건 우리 뿐이라고. 우리가 말을 맞추면 안 걸려. 그러니까 한번만 눈 감자.

거짓말과 돈.

피고인 신종호가 신화그룹의 막내아들이라는 것을 생각할 때, 그 돈은 진짜로 지불될 수 있을 터였다.

선서서를 받아든 김순철의 눈빛이 흔들렸다.

[양심에 따라 숨김과 보탬이 없이 사실 그대로 말하고 만일 거짓말이 있으면 위증의 벌을 받기로 맹세합니다.]

선서를 마친 김순철은 검사와 마주했다.

푸르게 빛나는 그의 눈.

이를 마주한 순간, 김순철의 마음 속에 한 가지 의문이

떠올랐다.

'정말일까? 진실을 아는 건…. 우리 뿐일까?'

이제 신문이 시작되었다. 검사는 날카로운 목소리로 입을 열었다.

"증인. 이번 사건의 개요를 간단하게 정리해주시겠습니까?"

김순철은 마른 침을 한번 삼키고는 입을 열었다.

◇

"그날 밤 저는 강남 나이트 클럽에서 강간살인사건이 발생했다는 신고를 받고 출동했습니다."

김순철은 말을 멈추었다.

그 순간 적막이 법정을 삼켰고, 모두는 숨을 죽인 채 증인을 지켜 보았다.

침묵이 이어졌다.

김순철은 주저하고 있는 듯 쉽게 말을 잇지 못했다.

다가온 검사는 그의 눈을 보며 다시 물었다.

"증인. 그 다음은 어떻게 되었습니까? 현장에 도착해서 무엇을 발견했습니까? 당신이 본 진실을 있는 그대로 진술해 주세요."

검사의 또렷한 목소리. 거기엔 거부할 수 없는 힘이 담겨 있었다.

'진실.'

진실이라는 단어가 마음을 뒤흔들었다. 허나 그 순간 10분 전 불독이 했던 말이 파고 들어왔다.

– 너 혼자 법 지키면서 살아봤자 득될 거 하나도 없어.

– 큰애 작은애 모두 유치원은 보내야지. 일 끝나면 이거 두배 만큼 더 줄께.

'기회, 돈.'

진실과 돈.

김순철의 마음 속 저울에서 둘은 평행을 이루고 있었다.

지금까지 단 한번도 그 둘이 평행을 이룰 거라곤 생각한 적 없었다.

그의 양심은 진실을 외치고 있었지만 새로 태어난 아들 영남이의 얼굴이 어른거리자 저울은 한쪽으로 기울기 시작했다.

'아이들을 키우기 위해선… 어쩔 수 없어.'

저울은 서서히 한 쪽으로 기울기 시작했고, 그는 결국 결론을 내렸다.

김순철은 질끈 눈을 감고는 입을 열었다.

"20대 초반의 여성이 강간살해된 사건이었습니다. 흉기는 칼. 피해자의 온 몸에 나 있는 다섯군데의 자상이 직접적인 원인으로 보였습니다. 그리고 범인은…."

그는 고개를 숙이며 말을 이었다.

"참고인 조사 도중 흉기를 지니고 있던 마동석이었습니다."

그의 말이 끝나자 법정의 모두는 눈이 동그래졌다.

가장 기가 막힌 건 검사 신유생.

적잖은 충격을 받은 듯 유생은 말을 잇지 못하고 있었다. 그는 자신의 귀를 의심했다.

"뭐라구요?"

유생은 김순철의 앞에서 되물었고, 그는 유생 뿐만아니라 모든 이들이 들리도록 또박또박 말했다.

"흉기는 칼이었고, 범인은 참고인 조사 때 검거한 마동석이었습니다."

순간 유생의 눈에 핏발이 섰다.

반면 그 뒤에서 보고 있는 김형철과 변호인 석의 이기범의 입가에는 미소가 맺혔다.

"그, 그럼…."

유생은 떨리는 손으로 화면을 틀었고, 이전에 보여준 깨끗한 룸의 사진을 띄웠다.

"이건 어떻게 설명할 겁니까. 흉기가 칼이라면…."

그 때 김순철 경장이 고개를 들었다.

아무것도 없이 깨끗한 현장 사진. 그 외에도 CCTV를 확보하고 있다는 것은 이미 알고 있었다.

'하지만…. 내가 도착한 직후부터 20분간 CCTV는 작동이 정지되지.'

김순철은 유생이 가진 증거의 헛점을 알고 있었다.

사건 발생 당시 그 20분 동안 그는 CCTV확인을 위해 작동을 멈추었던 것.

'난 증거를 뒤집을 수 있다.'

이제 갈등 같은 건 하지 않았다. 이미 돌이킬 수 없는 한 발짝을 내디뎠다고 생각하니 거칠 것이 없었다.

그는 굳은 표정으로 입을 열었다.

"제가 현장을 치웠습니다."

그의 말은 지금까지 뜨거웠던 법정의 열기를 차갑게 식혔다.

기자들도, 판사들도 그 증언이 믿어지지 않는 듯 얼어붙은 표정이 되어서 김순철을 바라보았다.

유생은 다시 화면을 띄웠다. 그곳엔 사건 당시의 현장이 찍힌 CCTV 화면이 흘러나오기 시작했다.

"이 CCTV화면은 어쩔 겁니까? 여기에는 청소하는 사람의 흔적 따위는…."

김순철은 유생의 말을 끊으며 말했다.

"그 CCTV에는 공백이 있습니다."

"뭐요?"

예상치 못한 반격에 유생은 동그랗게 눈을 떴고, 김순철은 화면을 가리키며 말을 이었다.

"경찰들이 현장에 도착한 이후 20분. 그 시간 동안 우리가 CCTV 녹화기록을 확인하고 있었기 때문에 녹화는 중지되었습니다."

그의 말대로였다.

재생되고 있는 화면에서 경찰이 보인 다음, 얼마 후 화면에 보이는 시간은 20분이 점프된 채 이어져 있었다.

이를 보면서 김순철이 담담히 말을 이었다.

"그 20분 동안 저는 현장의 청소를 지시했습니다."

"거짓말!"

유생은 격앙된 목소리로 입을 열었다.

"당신은 분명 나한테 이야기 했습니다. 피해자는 목이 졸려 숨졌고, 현장에서 피 묻은 끈을 발견했다고. 범인은 그날 밤 화장실에서 발견했다고 그러지 않았습니까!"

김순철은 담담한 표정으로 고개를 저었다.

"그건 모두 제 착각이었습니다."

"착각이라고 얼버무리면 모든 게 끝나는 줄 압니까!"

유생의 외침에 이기범이 일어났다.

"재판장님, 이의 있습니다. 검사는 지금 감정에 휘둘려 증인을 선동하고 있습니다."

재판장은 고개를 끄덕였다.

"인정합니다. 검사, 지금은 너무 감정에 치우친 발언입니다. 자제해 주세요."

허나 유생은 멈추지 않았다. 그는 뒤를 돌아보지도 않고 계속해서 김순철을 다그쳤다.

"증인. 설마 여기서 입을 맞추면 진실이 바뀔 거라고 생각하는 겁니까?"

"검사! 내 말이 안들리십니까!"

재판장의 날카로운 목소리가 법정에 울렸지만 유생은 아랑곳하지 않았다.

"김순철 경장! 당신은 분명 진실을 알고 있어. 절대로 한유나는 칼에 찔려죽지 않았다고!"

다시 이기범이 외쳤다.

"재판장님! 검사는 지금 이성을 잃고 있습니다. 증인은 대답할 필요가 없습니다!"

그 말을 듣는 순간 유생은 고개를 돌려 이기범을 노려보았다. 그가 흠칫하고 놀라자 유생은 무슨 일이 일어났는지 짐작할 수 있었다.

'이놈들! 어디서 수작이냐!'

유생은 이를 악물고는 김순철의 멱살을 잡았다.

"설마, 돈을 받은 거야!"

아주 잠시 동안이었지만 김순철의 눈빛이 흔들렸고, 유생은 자신의 의심이 옳다는 것을 확인했다.

"돈. 돈 때문에 이러는 거야!"

법정은 순식간에 아수라장이 되었다.

유생은 그의 얼굴 앞에서 분노를 터뜨렸다.

"김순철 경장. 당신, 얼마 전에 둘째 봤다고 그러지 않았어? 이러고도 아이들한테 부끄럽지도 않아! 당신이 정말 경찰이야?"

"다, 당신이 뭘 안다고…."

김순철이 간신히 입을 열자 유생의 표정이 변했다. 그는 진정으로 분노하고 있었다.

그와 동시에 그의 목소리와 표정이 점차 변해 갔다.

일그러진 웃음에 푸른 기운을 흘리는 눈동자. 그의 모습은 마치 장태현과 닮아 있었다.

"아직도 모르겠나? 넌 지금 이용되는 거야. 도대체 얼마를 받았길래 그렇게 충성해? 한 달에 200밖에 안되는 공무원 월급이 너무 적어서 그래?

지금 그것도 못받고 사는 이들이 얼마나 많은지는 알고 있어? 한 1억이라도 받은 거야? 2억? 1억이라고 해봤자 5년치 연봉이고 2억이면 10년치야.

겨우 그거 받고 20년 철밥통에 평생 연금까지 보장되는 직장에서 옷 벗으려고 그러는 거야? 옷 벗고 사회에 나가면 돈벌기 쉬운줄 아나보지?

아니… 설마 여기서 입을 맞추면 진실이 드러나지 않을 거라고 기대하는 건가? 저들이 말하는 것처럼 이대로 아무일 없었던 것처럼 넘어갈 수 있을 거라고 생각해?"

유생의 말은 송곳처럼 김순철의 마음을 찔러갔고, 그의 얼굴은 하얗게 질려갔다.

"어서, 신 검사를 끌어내!"

재판장은 질서유지를 선언했고, 곧 경찰관들이 들어와 유생을 말렸지만 소용없었다.

유생은 그들에게 저항하면서 더욱 날카롭게 외쳤다.

"김순철! 네 놈이 거짓말을 한다고 변하는 건 아무것도 없어! 난 진실을 입증할 수 있어. 네가 나에게 했던 모든 말들은 녹음 되어 있어. 그리고 아직 내보이지 않은 CCTV에는 우리가 알고 있는 모든 진실들이 녹화되어 있지!"

"검사님, 진정하세요!"

"잘 생각해! 진실이 입증 되었을 때, 과연 네가 받은 돈이 무사할지. 그리고, 네가 감옥에 가 있을 때 니 아이들이 너를 어떤 눈으로 볼 지를!"

"검사님!"

통렬한 저주.

그 말을 끝으로 유생은 경찰들에게 이끌려 법정 밖으로 나갔다. 재판장은 휴정을 선언했다.

유생이 나간 후의 법정은 뒤숭숭했다.

독기 가득한 얼굴로 그가 내뱉은 말들은 더이상 들리지 않았지만 그 여운은 아직 생생했다.

뒤에서 보고 있던 김형철이 다가가 김순철의 어깨를 두드렸다.

"잘했어."

김순철은 대답하지 않았다.

그의 마음 속에는 박혀있는 유생의 말들은 너무나도 쓰리고 아팠다.

◇

"신 검사! 당신 지금 뭐하는 거야!"

김동수 재판장은 진정으로 화를 내고 있었다.

"내 말이 말 같지 않아? 몇 번이나 주의를 줬는데 법정에서 그 난리를 부려?"

유생은 고개를 숙였다.

"죄송합니다."

"아니, 이제 1년도 안된 신참 검사가 부장판사의 말을 거역한다는 게 말이나 되는 이야긴가! 게다가 증인한테 그런 상스런 말을 하다니. 자네가 그러고도 검사야!"

유생은 아무 말 하지 않았고, 김동수는 계속해서 외쳤다.

"자기가 원하는 말을 안한다고 윽박지르고, 욕하고, 그렇게 해서 이게 될 문제인가!"

옆에 서 있던 한지연이 대신 사과했다.

"죄송합니다. 제가 주의를…."

"죄송이고 나발이고, 오늘 증거조사는 여기까지네. 알아들어?"

재판장의 선언에 유생이 고개를 들었다.

그의 눈에서는 아직 푸른 기운이 흘러나오고 있었고, 단호한 목소리로 입을 열었다.

"재판장님. 그건 안 됩니다."

"안 되긴 뭐가 안돼. 재판을 속행할지 기일을 연기할지는 전적으로 내 권한이야. 니가 뭔데 된다 안된다를 따져?"

화를 내고 있는 김동수에게 유생은 다시 고개를 숙였다.

"아까 법정에서의 일. 그건 제가 잘못했습니다. 하지만 분명 이유가 있었습니다."

"이유?"

눈꼬리를 치켜 뜬 재판장이 화가 치민 목소리로 말을 이었다.

"그 이유가 합당하지 않으면, 오늘 재판은 끝이야. 알겠나, 신 검사."

유생은 무겁게 끄덕이고는 입을 열었다.

그는 어느 때보다도 또렷한 목소리로 이유를 이야기했다. 몇차례의 확인과 질문들.

이기범이 이 자리에 없기 때문에 할 수 있는 말들이었다.

5분이 지나자 노기가 서려 있던 재판장의 얼굴은 진정되었고, 그는 고개를 끄덕였다.

"한번의 기회를 더 주지. 하지만 다음에 이런 일은 넘어가지 않겠네."

"네."

유생은 고개를 숙이며 판사실을 나왔다.

'증인 신문은 아직 끝나지 않았어. 그리고 진실은 밝혀질 것이다.'

그의 눈은 빛나고 있었다.

그의 표정은 여전히 꿈속의 변호사 장태현과 닮아 있었다.

◇

벌써 세번째 휴정.

보통 이렇게 길게 재판이 이어지는 것은 국민참여재판을 제외하면 드문 일이었다.

김동수 재판장도 그 사실을 알고 있었지만 방금 전 유생의 설명을 듣고나자 무슨 일이 있어도 오늘 증거조사를 마쳐야겠다고 결심했다.

– 못 느끼셨습니까? 증거가 사라지고 있습니다. 증거뿐만 아니라 증인들도 말을 번복하고 있습니다.

– 그건 자네 생각이겠지! 다 조사해 보면 나와!

그때 유생은 고개를 저으며 의미심장한 표정으로 말했다.

– 아마도 오늘 부족했던 증거들이 새롭게 나타나겠지요. 이경찬이 증거를 조작하지 않았고, 범인은 신종호가 아닌 마동석이라는 증거들이 속속들이 등장할 겁니다. 하지만 그건 사실이 아닙니다.

– 내가 자네 말을 왜 믿어야 하는가!

– 그러니 시간을 달라는 겁니다. 저는 방금 김순철 경장의 마음을 흔들어 놓았습니다. 만약 그가 말을 번복한다면 진실을 밝혀낼 수 있습니다.

김동수는 의심했지만 유생의 다음 말에 고개를 끄덕이고 말았다.

– 어차피 그가 진술을 번복하지 않으면 지는 싸움입니다. 지든 이기든 그 끝을 보게 해 주십시오.

'과연… 신 검사의 말대로일까?'

부장판사 김동수.

지금까지의 경험으로 그가 깨달은 사실은 법정의 진실은 증거만이 밝혀준다는 것이다.

'그 이전까지는 아무도 믿을 수 없지.'

허나 지금까지의 진행으로 봐서 유생의 말은 신빙성이 높았다. 그가 가진 증거들은 하나 같이 명백했고 이치에 맞았다.

'김순철의 증언만 아니라면…. 신 검사의 말이 진실일 가능성이 높다.'

재판장은 눈을 가늘게 뜨고는 이기범과 유생을 번갈아 보았다. 그리고는 다시 세번째 개정을 선언했다.

"재판을 시작합니다. 늦어지고 있지만 오늘 증거조사까지는 마치도록 하겠습니다. 그럼 변호인, 먼저 증인신문 하세요."

김동수는 희미한 미소를 띄며 걸어나오는 이기범을 보

며 생각했다.

'과연 누구의 말이 맞을지 지켜보겠어.'

검사와 변호사. 그리고 증인.

이제 다시 진실게임이 시작되고 있었다.

◇

증인석 앞에 선 이기범은 흐뭇한 미소를 지었다. 그는 이미 승리를 확신했다.

'1년차 검사가 날뛰어 봤자지.'

유생에 대한 소문은 익히 알고 있었지만 여기까지 온 이상 그가 할 수 있는 일은 없어보였다.

'재판은 논리로만 하는 게 아니니까.'

증거를 없애고 증인까지 매수한 이번 재판. 승자는 처음부터 정해져 있다고 해도 과언이 아니다.

게다가 유생이 불러들인 언론 때문에 판사를 매수하지 못한 건 오히려 득이 되었다.

'여기 모인 기자들 덕분에 내일이면 전국민이 나의 승리를 알게 되겠군.'

이기범은 회심의 미소를 지으며 증인 신문을 시작했다.

그가 할 일은 많지 않았다.

그저 김순철이 지금까지 인정한 사실들을 확인하고, 자신이 짜놓은 줄거리를 드러내기만 하면 되었으니.

이기범은 느긋한 목소리로 입을 열었다.

"이번 사건의 경위가 어떻게 된다고 생각하십니까, 증인?"

"부킹으로 룸에 들어온 여성을 칼로 살해한 사건입니다."

"그 동기는 뭐라고 보십니까?"

"강간을 시도하려다 여의치 않자 칼로 찌른 것으로 보입니다."

이기범이 지금까지 짜온 줄거리에 모든 것이 들어맞는 답변. 남아있는 증거들 역시 이를 뒷받침하고 있었다.

그는 김순철의 답변이 마음에 들었다.

이기범은 회심의 미소를 지으면서 다시 물었다.

"이번 사건의 초동수사를 맡은 건 누구입니까?"

"접니다."

"그러면 수사기록 초안을 작성한 것도 증인입니까?"

"맞습니다."

김순철이 수긍하자 이기범은 마지막 질문을 했다.

"그럼 초동수사를 맡고 수사기록 초안을 작성한 증인의 입장에서 볼 때, 진범은 누구라고 생각하십니까?"

종지부를 찍는 질문.

어떤 대답이 나올 것인지 법정의 모두는 직감했다. 또한 그 의미가 어떤 것이란 것도.

모두는 김순철을 주시했다.

모든 이들의 눈빛을 짊어진 김순철이 천천히 입술을 떼었다.

"마동석…입니다."

법정 어딘가에서 탄식이 흘러나왔다.

지금까지 재판을 지켜보고 있던 기자들. 그들은 지금 이 순간이 무엇을 의미하는지 알고 있었다.

– 결국은 이렇게 되나.

– 추가 증거가 없다면 저 증언은 결정적이 될 거야.

– 신검사… 지금까지 잘 해왔는데 증언 한방으로 무너지다니…

– 미심쩍은게 너무 많아. 결정적인 증거가 저자의 증언뿐이라는게… 너무 이상해.

– 그렇긴 해도 증거와 증언이 저렇다면 이미 끝난 거야. 재판은 증거로 하는 거라고.

기자들은 의심했지만 더이상 수가 없다는 것은 분명했다.

새로운 증거가 발견되지 않는다면 재판의 결론은 뻔했다. 신종호와 이경찬은 풀려날테고, 도리어 유생과 마동석이 같은 혐의로 기소될 터.

전관 변호사의 몰락과 그룹 총수 막내 아들의 유죄판결을 다루기 위해 왔던 기자들은 도리어 그들의 승리를 전해야 할 판이었다.

이기범은 좌중을 돌아보며 종지부를 찍었다.

"증인 김순철 경장의 증언으로 진실은 드러났습니다. 피해자 한유나는 몸에 찔린 다섯 군데의 자상으로 사망한 것이 분명합니다. 그리고 범인은 지금 저기 앉아 있는 마동석. 애초에 피고인 이경찬이 범인으로 지목했던 자였던 것입니다.

결과적으로 피고인들은 모두 무고한 자들입니다. 신종호는 사건 당시 현장에 있지도 않았고, 이경찬은 담당 부장검사로서 소임을 다한 것일 뿐입니다.

지금 이 자리에서 드러난 모든 증거들이 말하고 있습니다. 이들은 모두 무죄이고 당장 풀려나야 마땅합니다."

이어서 이기범은 유생을 보며 덧붙였다.

"또한, 재판에서 드러난 진실에 따라 무고한 시민과 죄없는 상관을 기소한 검사는 이후 정의를 농락한 책임을 져야 할 것입니다.

이상으로 증인 신문 마치겠습니다."

이기범의 말투와 어조는 전쟁에 승리한 장수만큼이나 당당했다.

신종호와 이기범의 무죄와 더불어 유생의 책임까지 들먹일 때 그의 눈빛은 뱀 같기도 했다.

유생은 변호인 석으로 돌아가 앉은 이기범을 보고 있었다.

짙은 웃음.

그의 웃음은 피가 거꾸로 솟구칠 만큼 자극적이었지만 유생의 얼굴은 담담했다.

오히려 그는 미소 짓고 있었다.

재판장의 목소리가 들려왔다.

"그럼, 검사. 증인 신문마저 하세요. 아까 같은 일이 또 있으면 증거조사는 마무리하고 바로 퇴정조치할 겁니다."

"네."

유생은 자리에서 일어나 고개를 한 번 숙이고는 증인에게 다가갔다.

이제 그는 김순철을 응시하고 있었다.

◇

차갑고 푸른 기운을 흘리는 눈빛.

아까와는 전혀 다른 모습이었다.

분노에 차 독설을 퍼붓던 때와는 너무나도 대조적으로 유생은 담담하고 나직한 목소리로 입을 열었다.

"증인."

김순철은 눈을 마주치지 못했고, 유생은 뚜벅뚜벅 다가와 그의 앞에 섰다.

"사건현장에서 만났을 때, 당신은 제게 이렇게 말했습니다. 현장에서 발견된 피해자는 목이 졸려 죽었고, 그 흉기는 피 묻은 끈이었다고. 그리고 그 날 밤 자정 즈음, 순찰을 돌다가 범인을 잡았다는 것도 말했습니다. 제게 이러한 사실을 말했던 것은 혹시 기억나지 않으십니까?"

김순철의 눈썹이 잠시, 아주 조금 꿈틀거렸다.

허나 그의 대답은 흔들리지 않았다.

"그런 적 없습니다."

단호함이 깃든 목소리. 그곳엔 무언가를 지키려는 그의 의지가 담겨 있었다.

'이미 돌이킬 수 없어. 끝까지 밀고 나가야 해.'

진실은 뒤집혔고, 말을 번복하지만 않는다면 그것은 지켜질 터였다.

그리고 그 대가로 아이들은 유치원에 다닐 수 있다.

'진실은 아무도 모른다. 나만 입을 다물면….'

김순철은 불독이 자신에게 했던 말로 스스로를 북돋으며 검사를 보았다.

그가 넘어야 할 마지막 장애물.

눈 앞의 검사만 넘으면 원하는 것을 손에 넣을 수 있다.

장애물은 푸른 눈빛을 흘리며 다시 물었다.

"증인은 이미 선서했고, 따라서 위증을 할 경우 처벌을 받게 됩니다. 방금 그 증언에 대해서 책임질 수 있습니까?"

싸늘하게 자신을 바라보는 검사.

그는 김순철의 속마음을 훤히 들여다보는 것 같았다.

'휘둘려선 안 돼. 어차피 증거는 없어.'

식은 땀이 등허리를 타고 내려갔다. 김순철은 심호흡을 한번 하고는 입을 열었다.

"네."

그의 대답이 떨어짐과 동시에 유생은 피식 웃었다.

착잡함과 씁쓸함이 스며있는 웃음이었다. 유생은 김순철의 눈을 마주보며 말했다.

"참 이상하군요. 저는 분명 증인에게 그 말을 들었기에 조사를 시작했고, 이런 것을 찾았는데 말이죠."

유생은 마치 방아쇠를 당기듯 리모컨 버튼을 눌렀다. 동시에 프로젝터 화면에는 새로운 장면이 등장했다.

화장실 앞에서 '누군가'를 끌고 나오는 경찰의 모습.

화장실에서 비추는 조명 탓에 '누군가'의 모습은 비교적 선명했다.

노란색 머리에 입술 옆에 난 검은 사마귀.

그는 분명 신종호였다. 그리고 그를 끌고 나오는 경찰의 계급장은 경장을 표시하는 무궁화 봉오리 세 개가 분명하게 보였다.

굳이 얼굴을 보지 않아도 그가 김순철 경장이라는 것 쯤은 알아볼 수 있었다.

화장실에서 김순철이 신종호를 끌고 나오는 장면.

이는 일전에 유생이 마동석과 함께 범인을 특정할 때 사용했던 장면이었다.

화면이 공개되자 법정의 모두의 눈빛이 달라졌다.

기자들의 손은 다시 바빠지기 시작했고, 이기범과 이경찬, 신종호는 경악했다.

또한 김순철 역시 마찬가지였다. 새하얗게 질린 그는 입술을 부르르 떨고 있었다.

'끄… 끝이다…!'

유생은 마치 죽음을 선고 하는 저승사자처럼 입을 열었다.

"증인은 분명 그런 적이 없다고 했는데, 도대체 이 사진은 뭔가요?"

전혀 예상치 못했던 일격.

그것은 지금까지 그가 지키려던 모든 것을 무너뜨리고 있었다.

'저, 저런 게 어디에서….'

유생은 마치 그의 궁금증을 풀어주려는 듯 말했다.

"나이트 클럽에는 총 세개의 CCTV가 있었습니다. 그 중 하나는 화장실 근처를 향하고 있죠. 평상시에는 똑같이 어둡지만 화장실 문이 열릴 때는 안에서 나오는 빛 때문에 인상착의를 비교적 뚜렷하게 확인할 수 있습니다."

유생은 아직 입을 다물지 못하는 김순철 앞에서 희미한 미소를 지으며 말을 이었다.

"사건 당시부터 범인을 검거할 때까지의 시간은 약 두 시간. 사실 잘 보이지도 않는 마당에 이 정도 분량의 CCTV를 자세히 확인할 엄두는 나지 않았습니다. 만약 증인이 '자정무렵 화장실에서 범인을 검거했다.' 고 말해 주지 않았다면 저는 이 장면을 찾아낼 수 없었을 겁니다."

그 말이 끝나자 김순철은 고개를 푸욱 숙였다.

너무나도 결정적인 증거라 반박할 말이 도무지 떠오르지 않았다. 아니, 반박할 기력도 남아 있지 않았다.

'결국 이렇게 끝나는 건가….'

지금 그의 머릿속에서는 김형철이나 이기범에 대한 원망같은 건 없었다.

대신 아이들. 특히 이제 갓 태어난 아들 영남이의 얼굴이 떠올랐다.

'내가 정말 몹쓸 짓을 했구나.'

김순철은 절망했다.

이후에 일어날 일들이 선명하게 지나갔다. 재판이 끝난 후, 자신은 위증죄로 처벌될테고, 경찰 직위는 해제 될 것이다.

받은 돈 1억이 머릿속을 스쳤으나 곧 고개를 저었다.

'재판에서 지면, 그들이 돈을 그냥 줄 리가 없어.'

수표는 전화 한통화로 휴짓조각이 될 터.

게다가 이미 엎질러버린 물처럼 그가 내뱉은 말은 결코 주워담을 수 없었다.

그때 유생의 목소리가 들려왔다.

"자, 증인. 한 번의 기회를 더 드리겠습니다."

'기회라고?'

기회라는 단어는 김순철의 귀에 꽂혔지만 실감나지 않았다. 진실이 밝혀진 이상 그에게 그런 기회가 있을리는 없었다.

그때 유생의 말이 이어졌다.

"증언의 기회는 아직 끝나지 않았습니다. 여기에서 진실을 말한다면 위증죄는 번복될 수 있습니다."

그 순간 김순철은 고개를 번쩍 들었다. 유생의 말은 김순철에게 있어선 구원과도 같았다.

위증죄는 신문절차가 끝났을때 기수여부가 결정된다.

수많은 질문들을 모두 거짓으로 답했다 하더라도, 아직 신문절차가 끝나기 전이라면 죄가 성립한 것이 아니다.

'아직 신문이 끝나지 않았어. 그 안에 말을 번복한다면 위증이라는 사실도 없어지게 돼!'

그 사실을 떠올리자 김순철의 눈빛이 달라졌다.

그때 이기범이 일어나 외쳤다.

"재판장님, 검사는 지금 증인을 회유하고 있습니다! 자신이 원하는 답을 얻어내기 위해 증언을 왜곡하려 하고 있습니다!"

"아닙니다. 이미 증언이 증거와 모순되는 시점에서 증인에게 진실된 증언을 유도한 것 뿐입니다. 법정에선 진실만을 말해야 하니까요."

재판장은 유생의 편을 들어주었다.

"이의를 기각합니다. 이미 모순된 증언을 한 증인에게 면책 가능성을 고지하는 것은, 거짓을 말할 경우 죄가 성립될 수 있음을 고지한 것과 같은 취지로 볼 수 있습니다. 검사는 신문 계속하세요."

유생은 빙긋 웃으며 김순철을 보며 물었다.

"증인, 다시 묻겠습니다. 사건 현장에서 발견한 시신 주위에는 피가 있었습니까? 정말로 범인은 참고인 조사 때 발견한 것이 맞습니까?"

침묵이 흘렀다.

잠시 시간이 흘렀지만 김순철은 입을 열지 못했다. 멀리서 그를 지켜보고 있는 이기범과 신종호, 이경찬은 그를 노려보고 있었다.

이를 눈치챈 유생이 다시 입을 열었다.

"묵비권을 행사한다고 달라지는 건 없습니다. 이미 증거가 있습니다. 현장에서 증인이 제게 했던 말들이 담긴 파일을 재생해야 입을 열겠습니까?"

유생은 싸늘한 웃음을 지으며 리모컨을 들어보였다.

그것이 뜻하는 바를 경찰인 김순철은 명백하게 알 수 있었다.

'그 파일마저 드러난다면 내 위증은 확정 돼. 자백이나 자수같은 변명 따위는 통하지도 않겠지.'

증거로 인해 증언이 모두 거짓임이 드러난다면 검사는 바로 신문절차를 종료시킬 것이다. 그렇게 되면 죄는 확정되고 기회는 사라질 터.

김순철은 이를 악물었다. 곧 유생이 손을 들어 리모컨을 누르려 했고, 동시에 그가 입을 열었다.

"말하겠습니다."

이기범과 이경찬, 신종호의 얼굴은 눈에 띄게 굳어갔다. 뒤에 앉아 있던 김형철은 얼굴을 감싼 채 고개를 숙였다.

모두가 숨죽여 지켜보는 가운데 김순철은 말을 이었다.

◇

"모두 검사님 말씀이 맞습니다. 현장에 도착했을 때, 저는 목이 졸려 숨진 피해자를 봤습니다. 룸에는 피가 없었습니다. 대신 흉기로 보이는 끈을 발견했습니다. 그리고 그날 자정 즈음 순찰을 돌다가 한 남성을 화장실에서 잡았습니다.

바로 형사반장님께 넘긴 탓에 그가 누군지는 몰랐습니다. 다음날 반장님께서 범인이 마동석이라 해서 저는 지금까지 그가 마동석인 줄 알고 있었습니다."

"말도 안 돼!"

이기범이 벌떡 일어나서 외쳤다.

"증인은 지금 검사의 협박에 당한 겁니다. 증언은 사실과 다릅니다!"

유생은 차가운 목소리로 대응했다.

"증거가 모든 것을 말하고 있습니다. 저 화면이 안보이십니까?"

그의 손가락은 화면을 가리키고 있었고, 화면에는 경찰에게 끌려나오는 신종호의 모습이 선명하게 보였다.

"노랗게 물들인 머리에 입술 위의 점. 쉽게 혼동할 수 없는 인상착의입니다. 한번 비교해 보시죠. 당신 바로 옆에 앉아있는 사람과 똑 닮지 않았습니까?"

너무나도 명백한 비교였다.

재판장이 보기에도 미결수복을 입고 있는 신종호와 화면 속의 남자는 똑같은 인물로 보였다.

"김순철 경장에게 끌려나오는 이 자는 분명히 신종호입니다. 또한 사건 현장엔 피 같은 건 없었고 청소한 사람도 없습니다. 그러니 방금 증인은 진실을 말한 것입니다."

"아니야! 그… 그건 검사의 협박에 넘어간 것 뿐이다!"

발악하는 이기범을 보며 유생은 피식 웃었다.

"협박이라…."

유생은 다시 매섭게 그를 노려보며 입을 열었다.

"말을 가려하세요, 이기범 변호사. 오히려 증인이 진실을 말하지 못하게 한 것은 당신 아닙니까!"

"무, 무슨 근거로 그런 말을….!"

유생은 푸른 눈빛을 흘리며 말을 이었다.

"여기서 발뺌해봤자 소용없습니다. 오늘 재판이 끝나고, 수사를 해보면 다 나올겁니다. 국과수에서 보관하고 있던 시체와 정액이 왜 사라졌는지. 왜 증인이 말을 바꿀 수 밖에 없었는지. 그리고 사건 당일 현장에 있었던 신종호가 어떻게 종로에서 카드 결제를 했는지 말입니다!"

이기범은 말을 잇지 못했다. 유생은 정확히 그가 조작한 사실들을 짚었던 탓이었다.

더이상 할 말을 찾지 못한 그가 꼬투리를 잡았다.

"이놈… 감히 법정에서 나를 협박하는 것이냐! 내가 그런 불법적인 협박에 굴복할 것 같으냐!"

"불법적인 협박? 웃기는 군."

이기범의 말에 유생의 표정이 굳어졌다. 그는 온 법정이 울리도록 쩌렁쩌렁한 목소리로 외쳤다.

"나는 단지 사실을 고지했을 뿐이다! 불법을 따지자면 이기범, 당신이 여기 서 있는 것 자체가 불법이야!"

"그런 어거지를…!"

"전직 부장판사가 퇴직한지 1년도 채 되기 전에 자신이 근무했던 법정에 선다는 것 자체가 변호사법 위반이라는 것을 모르는가!"

유생의 말에 이기범은 피식 웃으며 반박했다.

"처벌 규정도 없는 법을 운운하지 마라, 애송이!"

"처벌 규정이 없다고 네놈이 이곳에 서 있는 것이 정당화 되는 것은 아니다, 이 부패한 전관 변호사!"

"애송이가 선배에게 하는 말버릇이…!"

"선배? 돈 받고 불법을 합법으로 치장해 주는 자가 선배 대접을 받으려고 하다니 기가 막히는군."

유생은 무섭게 치뜬 눈으로 이기범을 노려보며 말을 이었다.

"돈이 그렇게 좋나, 이기범? 그러면 제안을 하나 하지. 내가 돈을 줄테니 여기서 그만두는 건 어때? 얼마면 되겠나, 5천만원? 1억? 아니지… 그걸론 부족하겠지. 겨우 그거 받아선 남은 노후를 풍족하게 보내지 못할 테니까!"

"이, 이놈이…!"

이기범은 발갛게 달아오른 채 말을 잇지 못했다.

유생의 말은 전부 사실이었다. 또한 그 사실은 날카로운 칼날 같이 그의 치부에 사정없이 내리 꽂혔다.

언쟁이 점차 감정싸움으로 치닫자 보다못한 재판장이 나섰다.

"모두 조용히 하세요! 검사, 변호인!"

재판장은 유생에게 다그쳤다.

"검사는 증인신문에 집중하세요! 또 쓸데없는 말을 했다간 퇴정조치 할겁니다."

이기범이 히죽 웃자 그에게도 쏘아 붙였다.

"변호인도 마찬가집니다. 증인신문에서 검사가 잘못한 것은 없습니다. 법정에서 진실을 말하라는 것은 협박이 아닙니다. 아무런 이유없이 이의를 제기하면 변호인도 퇴정조치를 할겁니다."

이기범이 고개를 숙이고 자리에 앉자 다시 법정은 고요해졌다.

하지만 방청석에 앉은 기자들의 손은 바쁘게 움직였다.

그들에게 있어서 유생과 이기범의 말다툼은 훌륭한 기삿거리였다.

– 여기서 전관예우를 금지하는 변호사법의 헛점을 짚다니. 대박이군.

– 헐. 법으로 금지만 해놓고 처벌규정은 없어? 완전 국민을 호구로 보는 입법이야. 난 지금 알았어.

– 또 있어. 전관들 수임이 보통 5천에서 1억 정도 한다는 소문이 사실이었나 봐.

– 말로만 떠돌던 루머가 현장에서 확인되는 순간이군. 오늘 재판 하나로 기사 일주일치는 나오겠다. 아무리 울궈먹어도 재밌겠는걸.

– 이런 건 관련 사건 하나 터질 때마다 계속 울궈먹을 수 있어. 말그대로 노다지지.

긴 시간 동안 법정을 떠나지 못하고 있었지만 잃은 것보다 수확이 많은 날이었다.

그들은 빠르게 사건을 정리해 가며 유생의 승리를 점쳤다.

곧 유생이 증인대 앞에 서자 그들은 숨죽인 채 기다렸다. 오늘 재판의 클라이막스 – 유생이 결정타를 날리는 순간을.

◇

유생은 이제 마무리만 남겨두고 있었다.

사건의 진실을 드러내고 두 피고인들의 혐의를 확정하는 일.

이제 목적지까지는 겨우 한뼘 정도밖에는 남지 않았다.

유생은 김순철을 보며 다시 물었다.

"증인은 왜 방금 전에는 사실과 다른 증언을 했습니까?"

따가운 침묵과 시선이 김순철에게 쏟아졌다.

김순철은 마음을 굳혔다. 유생과 이기범의 언쟁을 본 이후 그는 유생을 믿기로 했다.

'이 자라면 가능할지도 몰라.'

전관과 재벌에 대한 소문은 익히 들어 알고 있었다. 방금 전 자신 역시도 그들에게 휘둘리지 않았던가.

허나 눈 앞의 검사는 결코 녹록하지 않았다. 오히려 그들이 만들어 놓은 판을 송두리채 뒤집었다.

김순철은 사실대로 말하기로 결심했다. 그는 담담하게 입을 열었다.

"돈을 받았습니다."

방청석에서 탄식이 흘러나왔다. 뒤에서 김형철의 기침

소리가 들렸지만 개의치 않았다.

'모두 다 힘들 게 사는 세상이야. 나만 편하고 좋을 수는 없지.'

잠시나마 달콤하게 다가왔던 돈. 어차피 자기 것이 아니라 생각하니 마음이 편했다.

유생의 목소리가 들려왔다.

"누구에게 돈을 받았습니까?"

그때 다시 이기범이 일어나 말했다.

"재판장님! 이것은 이번 사건과는 관계없는 질문입니다!"

유생이 뭐라 말하기도 전에 재판장은 고개를 저었다.

"아닙니다, 변호인. 검사의 질문은 본 법정의 진실성과 관계된 일이며 추후 여죄(餘罪 : 남아있는 죄)를 밝히는 것과도 밀접하게 연관되어 있습니다. 이는 꼭 밝혀야 합니다. 검사는 계속하세요."

유생은 빙긋 웃고는 다시 물었다.

"걱정하지 말고 답하세요. 본 검사는 지금 이 법정에서 일어난 모든 범죄를 인지하고 있습니다. 누구에게 돈을 받았습니까?"

범죄 인지라는 말이 나오자 김순철은 마음이 놓였다. 그 말대로 검사는 오늘의 일을 그냥 넘어가지 않을 것이다.

"김형철 반장에게 받았습니다."

그 말과 동시에 김순철은 품에 있던 봉투를 꺼내 놓았다.

서류 봉투에 가득 들어있는 수표뭉치가 나오자 법정은 술렁거리기 시작했다.

그것은 누가 봐도 또다른 범죄의 증거물이었다.

"이제 진실이 드러났군요."

유생이 모두를 돌아보며 말을 이었다.

"신종호는 나이트 룸 안에서 살인을 저질렀고, 이를 은폐하기 위해 김형철과 이경찬을 매수했습니다. 그렇게 해서 하나의 거짓사실을 만들어냈죠.

'범인은 마동석, 그는 피해자를 칼로 찔러 죽였다. 그리고 신종호는 사건 당일 같은 시간에 종로의 한 음식점에 있었다.'

몇분 전 이기범이 주장한 이야기입니다. 이를 뒷받침하기 위해서 이들은 국과수에 보관된 시체와 정액 표본을 없앴습니다. 또한 증인으로 참석할 예정이었던 김순철을 돈으로 매수했습니다. 하지만 진실은 그게 아닙니다."

유생은 화면을 띄웠다. 그것은 그가 추리한 사건의 기록을 모두 정리한 화면이었다.

"신종호는 그날 밤 10시 경 나이트 룸에서 범행을 저질렀습니다. 흉기는 끈. 그는 변태적인 성행위를 하던 도중 살의를 가지고 피해자를 살해한 뒤, 바로 도주하려 했습니다.

하지만 너무 일찍 웨이터가 시체를 발견하면서 계획은 차질이 생겼고, 당황한 신종호는 화장실로 가서 숨습니다. 사건이 발견된 이후엔 지배인이 출입을 금지시켰기 때문에 그가 나갈 수 있는 방법은 없었을 겁니다.

그렇게 시간이 지났고, 결국 자정무렵 순찰을 돌던 김순철 경장에게 붙잡힌 겁니다."

유생은 그날 제출한 모든 증거 사진들과 녹음 파일들을 하나하나 차례로 보여주었다.

깨끗한 룸 내부의 사진과 김순철에게 끌려나오는 신종호의 사진.

그리고 피해자 한유나의 시신.

이것들을 보자 법정의 모든 이들은 오늘 유생이 밝히려 했던 진실을 알 수 있었다.

유생은 이들을 보며 덧붙였다.

"이 모든 것이 진실을 뒷받침하는 증거들입니다. 재판장님께서는 부디 이들을 보시고 현명한 결정 내려주시길 바라겠습니다. 그럼 증인 신문 마치겠습니다."

유생은 재판장에게 고개를 숙여 인사하고는 자리로 돌아왔다.

이제 변호인 측의 추가 신문요청만 없다면 증거조사절차는 끝나는 셈이었다.

돌아온 유생을 맞으며 한지연이 웃으며 속삭였다.

– 그런 증거가 있었으면 진작에 말하지 그랬어?

– 네?

유생이 모르겠다는 표정으로 묻자 한지연이 싱긋 웃으며 말했다.

– 그거 있잖아. 신종호 잡는 장면이랑 김순철과 대화 녹음 파일. 그런게 있었으면 아까 난리칠 필요 없었잖아. 그냥 보여주고 깔끔하게 끝내면….

그녀가 무엇을 말하는지 유생은 알았다.

증인 김순철을 앞에 두고 터뜨렸던 분노. 사실 그의 말을 뒤집을만한 물증이 모두 있었다면 굳이 그럴 필요는 없었을 터.

유생은 빙긋 웃으며 고개를 저었다.

– 없었어요.

– 뭐? 뭐가 없었다는 거야?

한지연의 눈이 동그래지자 유생이 대답했다.

– 김순철과 대화한 내용, 녹음하지 못했어요. 녹음기를 켜 놓은 건 나이트 내부로 들어가면서부터 였거든요.

그녀의 입이 벌어졌고 유생은 편한 표정으로 말을 이었다.

– 만약 그 화면을 보여줬을 때 김순철이 그가 이번 사건과 무관한 자라고 발뺌 했다면…. 아마 여기까지 오지 못했을 겁니다. 제게는 그것까지 뒤집을 증거는 없었어요.

도저히 믿기지 않는 말이었다.

방금 전까지만 해도 그토록 당당하게 이기범과 김순철을 몰아치던 그의 모습을 떠올리면 거짓말 같이 들렸다.

허나 한지연은 곧 그것이 사실임을 알게 되었다. 옆에 앉아있는 유생의 두 다리는 후들후들 떨리고 있었다.

◇

이기범은 더 이상 신문하지 못했다.

이미 김순철이 증언을 번복한 이상 그에게 남은 수는 없었기 때문이었다.

김동수 재판장은 단호한 목소리로 정리했다.

"오늘 공판에서 제시된 증거들은 법관으로 하여금 합리적인 의심을 할 여지가 없을 정도로 확실한 증명력을 가졌다고 봅니다. 이에 증거조사는 오늘로 마치겠습니다.

변호인과 검사 양측은 추가 증거가 있다면 미리 신청을 해 주시고, 별다른 사정이 없으면 다음 기일에는 변론 절차를 진행하도록 하겠습니다. 다음 기일은 3주 후 화요일 오후 1시입니다."

네 시간에 걸친 공판은 이렇게 끝났다.

세 번이나 휴정을 할 만큼 치열한 공방이 오갔지만 결국 최후에는 하나의 진실만이 남았다.

그리고 그 진실은 다음 날의 헤드라인을 장식할 터였다.

제 25 장

: 그들이 들고 있는 카드(전편)

NEO MODERN FATASY STORY & ADVENTURE

변호사

새벽 6시.

트레이닝복을 입은 한 남자가 아직 어둠이 걷히지 않은 남산 산책로를 달리고 있었다.

규칙적인 호흡에 리듬을 탄 발걸음.

앞으로 달려나갈 때마다 희뿌연 밤안개가 흩어져 물결쳤다. 동시에 노란 나트륨 등이 하나 둘 스쳐 지나가며 그의 그림자를 만들고 지우길 반복했다.

긴 오르막 끝에 이른 남자는 공터에 멈춰서서 가쁘게 숨을 몰아쉬었다. 그의 앞에는 커다란 남산 타워가 어두운 하늘 위로 솟구쳐 있었다.

"후우-"

거친 숨소리와 함께 뿜어지는 하얀 입김.

어깨에 걸친 수건으로 땀을 닦고 있는 그 남자는 유생이었다.

'정말 좋군.'

차가운 공기가 폐를 가득 채우고 나갈 때마다 상쾌함이 느껴졌다. 어제 법정에서 쌓였던 독기가 한꺼번에 풀려나가는 것 같았다.

'정말 아슬아슬 했어.'

마지막 증인 김순철.

만약 그가 끝까지 발뺌했다면 진실은 그대로 묻혔을 것이다. 그 뒤는 상상만 해도 끔찍했다.

'신종호와 이경찬은 무죄로 풀려나겠지. 대신 동석이 혐의를 뒤집어 쓰고 재판을 받을 테고.'

그 뿐만이 아니었다.

방청석에서 재판을 지켜보던 기자들.

그들은 유생의 실책과 거짓된 진실을 포장해 기사를 쓸 테고, 그 기사는 신문과 방송을 통해 전국으로 퍼져 나갔을 것이다.

동시에 유생은 상관의 정당한 수사지시를 무시하고 죄 없는 이를 기소한 무능한 검사로 낙인 찍힐 것이다.

문제가 되는 건 그것 뿐만이 아니었다.

'죄가 되진 않겠지만, 징계를 피할 수는 없었을 거야.'

검찰 내부에서도 그 문제를 중요하게 다룰 터였다.

일단 언론에 노출되면 그에 상응하는 책임을 묻는 것이 내부 방침이었으니.

생각만해도 가슴이 서늘해지고 다리가 후들거렸다.

자신이 지은 죄로 벌을 받는다면 그나마 덜 억울하겠지만, 짓지도 않은 죄로 징계까지 받는다면 그 억울함을 누구에게 호소할 수 있을까.

'다행이야. 정말로'

유생은 안도의 한숨을 내쉬었다.

따로 말하진 못했지만 김순철 경장에게 고마운 마음까지 들었다.

마지막에 그가 용기를 내지 않았으면 지금 이 순간은 오지 않았을 터였다.

'그래도 아직 마음 놓기는 일러.'

이제 막 증거조사가 끝났을 뿐 변론절차가 남아 있었다.

지금까지 유생이 제시한 증거들이 명백하다고는 해도 그들이 이대로 포기할리는 없었다.

'3주… 그 안에 놈들이 쓸 수 있는 수단을 봉쇄해야 해.'

벤치에 앉은 유생은 차근차근 조사 계획을 세워보았다.

법정에서 확인할 수 있었던 증인 매수 사건.

석연치 않은 신종호의 신용카드 내역.

사라진 국과수 보관 증거들.

이들은 모두 범죄가 분명했지만 그 증거를 찾을 수 있을지는 미지수였다.

'과연 어디까지 추적할 수 있을까?'

유생 자신도 감이 잡히지 않았다.

일단 시작이야 하겠지만 그 과정에서 그들이 어떤 압력을 가할지도 모르는 일이었다.

그래도 유생은 한가닥 희망을 가지고 있었다.

'일단 어제 일이 언론을 탄다면 조사는 한결 쉬워지겠지.'

TKBC 총괄피디 김경환.

그가 장담한대로 신문과 케이블 방송이 나서 준다면 놈들이 노골적으로 압력을 행사하긴 힘들 것이다.

'그가 잘 해줘야 할 텐데.'

그때 유생의 앞으로 자전거 한대가 유유히 지나갔다.

뒤에 신문을 가득 쌓여있는 신문배달 자전거.

공터 매점 앞에 선 배달원은 신문 여러 뭉치를 가판대 위에 올려 놓았다.

그리고 주인아저씨와 몇마디를 나누고는 다시 자전거를 타고 왔던 길을 따라 내려가기 시작했다.

가판대 위에 쌓여있는 신문뭉치들을 보자 유생의 입가

에 미소가 비쳤다.

'신문이나 하나 볼까? 오늘자 헤드라인이 궁금해 지네.'

유생은 벤치에서 일어나 매점으로 다가갔다. 기대에 부푼 탓인지 발걸음이 가벼웠다.

"신문 한 부에 얼마죠?"

"800원입니다."

주머니를 뒤지니 마침 천원짜리 지폐 한장이 있었다.

"여기 있습니다."

거스름돈과 함께 신문 한 부를 받아든 유생은 공터로 나왔다. 어느새 하늘은 점차 밝아지고 있었다.

곧 아침 해가 떠올라 먼 빌딩 사이로 햇살이 내비치기 시작했다.

'타이밍이 좋군.'

유생은 빙긋 웃으며 신문을 펼쳐 들었다.

1면을 가득채운 큼지막한 글자들.

하지만 그 내용은 유생이 기대한 것들이 아니었다.

'뭐지?'

순간 유생의 얼굴은 굳어졌다.

그는 도저히 믿을 수 없다는 표정이 되어서는 신문 여기저기를 뒤지기 시작했고, 구석구석을 살펴본 후에는 뒤를 돌아 매점으로 달려갔다.

그리고 매점 앞 가판대에 진열된 신문들을 모두 확인한 그는 멍한 얼굴이 되었다.

'말도 안 돼….'

가판대에 놓인 수많은 신문들.

그 헤드라인은 모두 같은 내용을 싣고 있었다.

[국민 여배우 K양. M군과 열애!]

◇

예상과는 달리 국내 주요 일간지 헤드라인을 장식한 건 연예인 K양의 스캔들이었다.

[국민 여배우 K양. M군과 열애!]

[여배우 K양과 M군 사귀다.]

[한껏 물오른 K양, M군과 열애 공식 선언.]

[소속사는 사실 무근 발뺌, 인증샷은 이미 SNS에 떠돌아.]

[손해배상만 수백억대 예상. 소속사는 난색]

[오늘 기자회견 예정. K양은 여전히 미소.]

여배우 K양.

막상 출연한 드라마는 몇 개 되지 않았지만 청순한 이미지와 아름다운 외모로 한창 상한가를 치고 있는 배우였다.

출연하는 CF만 해도 9개.

국민 여동생이란 칭호까지 붙을 만큼 인기있는 그녀의 열애 소식은 특히 많은 남성들의 공분을 샀다.

– 우리 K가 연애를 하다니…. 완전 실망이야.

– 하필이면 왜 M이야! 완전 바람둥이로 소문났던데.

– 말도 안돼, K. 네가 그렇게 가버리면 난 어쩌란 말이냐!

– 이렇게 K를 보내는구나. 이제 무슨 낙으로 사냐. ㅠㅜ

그녀와 친분관계라고는 조금도 없는 이들이었지만, TV에서 보며 짝사랑했던 여배우의 열애소식은 그들의 마음을 자극했다.

또한 M군을 사랑하는 수많은 소녀팬들도 분노하는 것은 마찬가지였다.

– 나참 기가막혀. 별 xxx같은게 우리 오빠를 넘봐?

– 급이 되냐? 말도 안 돼!

– 이건 악몽이야. 차라리 나를 지옥에 보내 줘.

– M님. 아니되어요! 수많은 여인 중에 하필이면 K란 말입니까! 이렇게 소녀를 버리시면 아니되옵니다. 흑흑 ㅠㅜ

또한 이들을 냉소적으로 바라보는 이들도 있었다.

이름하여 안티팬.

평소 키보드 워리어로 불리우는 이들은 나름대로의 화법으로 K양의 열애소식을 반겼다.

– 끼리끼리 노는 군. 잘하는 짓이다.

– 대한민국의 남자와 여자가 만났는데 뭐 이리 소란스럽담? 어차피 나랑 상관도 없는 애들인데 말이지.

– 소속사가 난리가 나겠군. 이제 청순한 이미지는 날아갈테고, 협찬사에서 손해배상 소송 들어올텐데…

– ㅋㅋㅋ 이제 봐라 1년도 안돼서 또 깨질 거야.

– 연예인들이 다 그렇지 뭐. 눈만 높아가지고… 첨엔 외모보고 사귀었다가 실패하는 애들 많이 봤다.

극성팬들과 소녀팬들. 거기에 안티팬까지 가세하자 포털에선 댓글 전쟁이 일어나기 시작했다.

또한 이들이 기사를 페이스북과 트위터 등에 실어 나르기 시작하면서 K양의 스캔들은 삽시간에 한반도 전역을 뒤덮었다.

스마트폰을 들고 있는 한국인들은 모두 그 소식을 알게 되었고, 심지어는 한류에 관심있는 외국인들 조차도 한마디씩 거들기 시작했다.

모두가 K양의 스캔들로 떠들썩한 하루를 시작했다. 그와 동시에 다른 소식들은 대부분 언급조차 되지 않았다.

전날 밤 늦게 일어난 화재로 일가족을 구하다가 숨진 소방관의 소식과 갚지 못할 만큼 불어난 카드빚에 일가족이 목숨을 끊은 소식.

대기업으로 발돋움하려는 중견기업이 정계에 돈을 뿌린 비리 소식.

국가에서 발주한 사업에 허위 사업계획서를 제출해 수십억의 지원을 받은 사기꾼 검거 소식 등등.

그리고 그렇게 묻힌 소식 중에는 신화그룹 회장 막내아들의 강간살인 사건 역시도 포함되어 있었다.

◇

TKBC 케이블 방송사의 한 사무실.

신문을 보는 남자는 벗겨진 머리 위로 얼마 남지 않은 머리칼을 쓸어올리면서 말을 내뱉었다.

"신화그룹…. 결국 이런 식으로 아들의 살인 사건을 묻어버리려고 하는군."

총괄 피디 김경환.

그는 씁쓸하게 웃으면서 탁자에 놓인 신문을 차례로 넘겨 보았다.

조중동을 비롯한 대부분의 일간지들이 1면 헤드라인을 K양의 스캔들로 채웠다.

전날 법정에서 기사를 적어갔던 수많은 기자들을 생각한다면 참 우스운 일이었다.

"후우…."

내뿜은 담배연기가 자욱하게 허공으로 스며들었다. 동시에 그는 계산을 하기 시작했다.

'김호영 의원 탈세 사건에 현직 국회의원 세명의 선거법 위반 사건. 영프라임 거액대출사기 사건. 신화 반도체 직원 분신 자살 사건….'

어림잡아도 8건 이상의 대형 사건들이 이번에 묻힐 것이다.

여기에 신종호의 강남나이트 살인사건까지 합친다면 신화그룹의 이번 한 수는 절묘하다고 할 수 있었다.

'아주 고전적이고 노련한 수야.'

자신들의 치부가 드러날 수 있는 사건을 덮기 위해 인기 연예인의 스캔들을 터뜨리는 수법.

오래된 연혁 만큼이나 효과는 확실했다.

스캔들이 잠잠해질 때쯤이면 당시 거론되었던 사건들은

이미 대중의 관심에서 사라지고 재판은 무관심 속에서 진행될 터.

그때 탁자 위에 올려 둔 휴대폰이 울리기 시작했다.

'신유생 검사군.'

아마도 신문기사를 보고 연락했을 것이다. 보지 않아도 알 수 있는 일이었다.

김경환은 담배를 비벼 끄고는 전화를 받았다.

"네, 신 검사님. 김경환입니다."

– 김 피디님. 오늘 신문 보셨습니까?

단도직입적인 질문.

검사의 목소리에는 긴장감이 가득했다. 언론플레이를 위해 만반의 준비를 해 두었는데 이런 식으로 뒤통수를 맞을 줄은 몰랐을 것이다.

"신문, 봤습니다."

– 대책은 있습니까?

신유생의 화법은 간결했다.

누구의 탓이나 원망같은 것은 배제하고 단번에 핵심을 묻고 있다.

'궁금하겠지. 나에게 해결책이 있는지 없는지.'

김경환 피디의 입술이 부드러운 곡선을 그리며 올라갔다.

한때 잘 나가던 그가 지상파 방송국에서 케이블로 옮기게 된 것은 어두운 이력 때문이었다.

확인 되지 않은 루머로 결국 한 사람을 자살로 이끌게 된.

'이미 거짓을 진실로 만들어 사람을 죽였다. 진실을 진실로 믿게 하는 건 그렇게 어려운 일이 아니지.'

김경환은 입을 열었다.

"너무 걱정하지 마십시오. 검사님께서 이렇게까지 밥상을 차려주셨는데 설마 챙겨먹지 못하겠습니까?"

– 제가 도울 일은 없습니까?

"나중에 필요하면 연락 드리겠습니다."

유생은 쉽게 전화를 끊지 못했다. 뭔가 아쉬운 듯 머뭇거리다 다시 목소리가 들려왔다.

– TV와 신문 모두 K양의 스캔들에 대한 이야깁니다. 이대로면 우리 작전은 모두 물거품이 되는 것 아닙니까?

많은 의미를 함축한 질문이었다.

작전이 물거품이 되면 언론의 압력이 사라질 테고, 다음 공판에서 상대는 더욱 노골적인 수를 쓸지도 모른다.

그나마 유리하게 증거조사를 마쳤지만 또 증인을 매수하거나 증거를 조작해 다른 주장을 펼친다면, 혹은 판사를 바꿔 그들에게 유리한 자를 세운다면 재판의 방향을 완전히 달라질 것이다.

"그런 일은 없을 겁니다."

김경환은 낮은 목소리로 말을 이었다.

"지금은 십수년도 더 된 그런 낡은 수법이 통하지 않는 시대입니다."

그는 웃었다. 그리고 다시 입을 열었다.

"이주일. 정확히 이주일 뒤면 전국의 모든 국민은 이 사건을 알게 될 겁니다. 그리고 삼주 후 열리는 공판은 TV생중계가 될 것입니다. 언론과 국민은 검사님 편에 설 겁니다. 제 이름을 걸고 약속드리지요."

◇

통화를 끝낸 김경환은 바쁘게 움직이기 시작했다.

먼저 보도부에 전화를 넣었다.

"김 부장님. 저 김경환입니다."

– 응. 김 피디 무슨 일인가?

"어제 기자들 강남 나이트 사건 때문에 법정 취재 갔었잖아요. 그거 오늘 보도 나갈 거죠?"

– 당연한 걸 물어? 자네 말대로 기사 내용이 아주 좋던데. 게다가 지금 지상파는 물론이고 주요 신문사에서도 이 사건 안 다루고 있어. 우리가 단독으로 터트리기엔 너무나도 아까운 특종이야.

TKBC의 뉴스 채널 시청률은 0점대 수준.

단독 보도라고 해도 효과는 미미할 터였다.

'조금만 시청률이 높았더라면….'

아쉽긴 했지만 어쩔 수 없었다. 처음부터 자사 뉴스 채널에 기대를 한 것은 아니었으니.

"별 수 없죠. 케이블이 다 그런 거 아니겠어요?"

김경환은 씨익 한번 웃고는 핵심사항을 말했다.

"부장님. 오늘 보도 나가면 보도자료 좀 부탁드리겠습니다."

- 그거야 쉽지. 그냥 지금 바로 보내줄께… 근데 김 피디.

"네, 말씀하세요."

- 사진 자료 같은거 구할 수 있나?

"사진이요?"

- 어제 취재한 거 검토해 보니까 사건이 장난 아니던데? 증거조작과 증인매수사실이 법정에서 드러났어. 사진 촬영이 금지된 게 너무 아쉽더라고.

김경환은 보도부장의 속내를 눈치챘다.

사실을 보도하는데 있어서 사진이 첨부되면 전달력은 배가 될 테니.

- 혹시 검찰 측에 요청을 해서라도 증거 사진 확보 안될까? 현장 사진이랑 부검 사진 정도만 있어도 될 것 같은데.

"재판 확정 전에 소송자료는 비공개가 원칙이라 힘들텐데…."

그때 유생과의 방금 전 통화가 뇌리에 스쳤다.

신 검사는 분명 도와줄 수 있는 건 도와주겠다고 한 상태였다.

'그렇다면… 이것부터 부탁해야겠군.'

김경환은 히죽 웃으며 말을 이었다.

"가능할지도 모릅니다. 최대한 빨리 확보해서 넘겨 드리겠습니다."

- 그래. 잘 부탁해. 오늘 제대로 한번 해보자고.

평소와는 다르게 힘이 들어간 말투.

항상 피곤한 표정으로 늘어져 있던 보도부장이라곤 생각할 수 없었다.

통화를 끝낸 김경환은 작가들을 불렀다.

"오전 중으로 강남 나이트 사건 보도자료가 넘어올 거야. 그럼 그걸 토대로 게시물을 만들도록 해."

그 때 작가 한명이 손을 들고 물었다.

"어떤 게시물을 말씀하시는 거죠?"

"페이스북이나 트위터, 카카오 같은데 올리는 거 있잖아. 지금 사람들 많이 쓰는 SNS플랫폼에 맞게 다 만들어놔. 그리고 버젼도 여러가지로."

잠시 생각하던 김경환이 덧붙였다.

"내용은 아마추어 일반인이 쓴 것 처럼 꾸미라고. 솔직하고 절실하게. 이를테면 피해자의 어머니나 친구가 직접 쓴 것 마냥. 알아 듣겠지?"

그가 무엇을 뜻하는지 작가들은 모두 이해했다.

기사가 스토리가 되는 순간 파급력은 수십 배가 된다. 또한 그 스토리의 주인공이 어디서나 볼 수 있는 서민일 때는 더욱 그러하다.

작가들에게 지시를 마친 김경환은 다시 전화를 들었다.

상대는 각 지역 신문사 편집장들.

K양의 열애설이 주요 신문사의 헤드라인을 장식하고 있을 때 꿋꿋하게 지역 사건을 실었던 지역 신문사의 편집장들이었다.

"편집장님. 한 가지 부탁드릴 게 있습니다. 최근 강남나이트 살인사건 공판이 진행되고 있거든요. 요거 한번 크게 키워보고 싶어서요. 하하하. 작은 힘이 모여서 큰 힘이 되는 것 아니겠습니까. 네. 앞으로 한 달 동안 특집으로 꾸며주세요. 참고자료는 저희 측에서 제공하겠습니다."

규모가 작아도 신문이고 언론이다.

직접 구독해서 보는 이들은 많지 않아도 은행이나 관공서, 미용실, 상가 등에는 대부분 비치되어 있다.

일을 보러 들른 사람들이 기다리는 동안 찾아 읽는 것을 생각하면 그 파급력을 무시할 수는 없었다.

게다가 전국에 있는 지역 신문사에 모두 기사를 뿌린다

면 그 힘은 주요 신문 못지 않을 터.

'이번 사건은 주요 언론에서 떠들지 않은 사건이니 그 쪽에서도 좋은 기획이라 생각할 거야. 내용도 좋고.'

법정에서 증거 조작과 증인 매수 혐의가 드러나는 것은 흔치 않다. 여기에 전관 변호사와 재벌2세까지 끼어있으니 흥행요소는 대부분 갖춘 셈이었다.

김경환의 예상대로 전국의 지역신문사들은 그의 제안을 흔쾌히 받아들였다.

- 강남 나이트 살인 사건 공판에서 이런 일이 있었어요? 진짜 흥미로운데요.

- 신화그룹에 전직 부장판사 출신의 변호사까지 끼어있군요. 증거인멸 혐의로 부장검사도 있고. 이런 사건이 아직 공중파에서 거론되지 않는다는게 놀라운데요?

- 알겠습니다. 이 사건 경인일보에서는 한 달간 특집으로 싣겠습니다. 대신 기사들은 풍부하게 보내주셔야 해요.

- 간만에 피가 끓어 오르는데요? 사람들이 보면 다들 저처럼 느낄겁니다.

규모가 작은 지역 신문 입장에서 이런 사건은 그야말로 기회였다.

'그럴테지. 아직 공중파는 물론이고 주요 신문사에서도 함구하고 있는 내용이니. 발행부수를 늘릴 수 있는 절호의 기회가 될 거야.'

김경환은 회심의 미소를 지었다.

지역 신문사에 이어 무가지(無價紙-공짜 신문)에도 기사 제공 약속을 끝낸 김경환은 곧 PD 한 명을 불렀다.

오영근 PD.

TKBC에서 가장 핫한 프로그램 '4박 6일'을 담당한 프로듀서였다.

제작비 문제로 다음 주면 종영을 앞두고 있어 이번 일을 맡기기엔 제격이었다.

그를 탁자에 앉힌 김경환은 불쑥 말을 꺼냈다.

"추적 프로그램 하나 하자."

"추적이요?"

의외라는 표정. 오영근은 아직 총괄피디가 왜 그런 말을 꺼냈는지 감을 잡지 못했다.

김경환은 서류 뭉치를 건네며 말했다.

"이거 아주 대박 아이템이야. 일단 특집으로 하나 만들어 보자. 시청률 잘 나오면 아예 이걸로 프로그램 짜 볼 수도 있는 거고."

오영근은 서류를 검토해 갔다. 그리고 서류를 넘길수록 그의 표정은 점차 바뀌어 갔다.

처음에 무덤덤하던 그의 얼굴에 놀라운 기색이 비치더니 맨 마지막장을 넘길 즈음엔 미소가 드리웠다.

"이거 재밌겠는데요."

오영근은 빙긋 웃으며 말을 이었다.

"법정에서 진실이 드러났다는 것 자체가 신기해요. 완전 드라마나 영화 속에서나 나올 법 한 이야기 잖아요."

"그렇지?"

"그것뿐만이 아니에요. 전관 변호사와 초임 검사와의 대결구도에다가 피고인은 재벌 2세와 현직 부장검사라. 말씀대로 대박인데요?"

오영근 피디의 눈이 빛을 발했다.

제작비 압박으로 프로그램을 접어야 했던 그로선 이번 특집은 기회였다.

김경환은 미소지으며 덧붙였다.

"잘 보면 형식도 괜찮아. 수사가 종결된 이후부터 법정에서 진실이 밝혀지기까지의 과정을 그리는 거야. 지금까지 추적 프로그램들이 사건의 발단에서 시작해 범인 검거에 주력했던 것과 비교하면 근본적으로 다르지.

이미 가지고 있는 수사자료를 토대로 공정한 재판이 이뤄지고 있는지를 보여주는 것이거든. 완전히 차별성이 있는 아이템이라고."

오영근도 격하게 동의했다.

"맞습니다. 멀게만 느껴지는 재판과정을 보여준다는 면에서 공익성도 있고, 수사가 끝난 케이스의 재판을 다루면서 대리만족을 줄 수도 있어요. 게다가… 제작비도 그렇게 많이 들지 않습니다."

제작비.

그 때문에 프로그램을 접어야 했던 오영근 피디로서는 매우 중요한 이유였다.

김경환은 씨익 웃으면서 입을 열었다.

"다음 주부터 방송한다고 생각하고 만들어 봐. 제작비는 내가 사비를 들여서라도 끌어다 주지."

"알겠습니다."

"그리고 카피는 최대한 쎄게 나가야 할 거야."

김경환의 지적에 오영근도 고개를 끄덕였다.

"당근이죠."

잠시 생각하던 김경환이 덧붙였다.

"아, 이건 어때. '재벌2세 살인 사건. 그 진실은 무엇인가.'"

"그것보단 '재벌, 진실을 돈으로 사다.' 이게 어떨까요?"

"그게 더 낫겠군. 여튼 프로그램 초안 만들어지는 대로 가져와. 회의 하자구."

"네."

오영근 피디는 의미심장한 웃음을 짓고는 받은 자료를 챙겨 자리에서 일어났다.

그가 나간 후 김경환은 다시 담배를 물었다.

'예감이 좋아.'

불과 한 시간만에 그가 원하는 이들을 움직였다.

지금까지의 지시로 보도부와 지역 신문사는 특종을 준비할 테고, 동시에 강남 나이트 사건을 조명할 기사와 방송 컨텐츠 역시 만들어질 터였다.

남은 것은 이를 뿌리는 타이밍을 재는 것 뿐.

김경환은 담배를 한 모금 빨면서 TV를 틀었다.

TV에서는 이제 막 K양의 기자회견을 시작하고 있었다.

철모르는 대답을 하면서도 미소를 잃지 않는 K양을 보며 김경환은 생각에 잠겼다.

이 기자회견 역시도 당분간 포털과 언론을 뜨겁게 달궈 놓을 것이다.

'아직은 기다려야 해.'

그는 알고 있었다. 아무리 뜨거운 뉴스도 일주일 후면 차갑게 식는다는 사실을.

마음은 급했지만 지금은 기다리는 것이 최선이었다.

다시 사건 자료를 검토하던 그의 머릿속에서 한 가지가 떠올랐다.

'아직 할일이 남아 있었군.'

보도부에서 요청한 사진자료.

신 검사에게 연락해 부탁하는 것만이 남았다.

그는 분명 부탁을 들어줄 것이다. 이번 사건에서 언론이 맡은 역할은 결코 적지 않았으니.

게다가 여기서 지기라도 한다면 그는 검사옷을 벗어야 할 것이다.

김경환은 느긋한 손놀림으로 전화를 걸기 시작했다.

그의 손가락 사이에서 피어나온 담배연기가 부드러운 곡선을 그리며 허공으로 스며들었다.

◇

K양의 스캔들과 기자회견.

이 두 가지 사건은 세간을 떠들썩하게 하기에 충분했다.

9시 뉴스만 되면 관련된 보도가 몇 개씩 중복되어 나갔고, 연예계소식을 전하는 프로그램에서도 사실확인을 위해 K양과 M군을 접촉하려 했다.

그에 따른 악플과 댓글들.

같은 사실에 어구만 바꿔 실린 기사들로 포털의 뉴스 페이지 절반이 찼다.

K양 스캔들이 잦아들기 시작한 건 그로부터 3일이 지난 뒤였다.

다시 뉴스가 제기능을 발휘하면서 새로운 소식이 포털 뉴스란을 채워나가던 어느 날.

띠링~

맑은 신호음이 조용한 강의실 안에서 울려 퍼졌다.

아직 수업 시작 전이라 아무도 뭐라하지 않았지만 분명 신경쓰이는 소리다.

'아차! 무음으로 해 놓는다는 걸….'

소리에 놀란 한 여학생이 휴대폰을 꺼내 설정을 바꾸었다. 그리고는 조심스럽게 알림을 확인했다.

'페이스북 알림이네. 뭐가 올라왔나?'

서둘러 알림을 눌러보니 게시물 하나가 나왔다.

친구가 공유한 게시물.

친구는 이렇게 써 놓고 있었다.

[읽어본 뒤에는 반드시 공유할 것. 내가 왜 이러는지는 읽어보면 알거임.]

'지지배. 허세는….'

여학생은 피식 한 번 웃고는 게시물을 눌러보았다.

그 순간 뜬 것은 어떤 이야기였다.

딸아이의 죽음을 슬퍼하는 어머니의 이야기.

처음엔 조금 진부하다고 느꼈지만 스크롤을 내리면서 그 생각은 달라졌다.

'세상에… 이럴 수가 있나?'

내용이 이어질수록 기가 막혔다.

살인 사건으로 딸이 죽은 것도 모자라 법정에서 일어난 일들은 도무지 민주국가에서 일어났다고는 상상도 할 수 없는 일들이었다.

'증거 조작에 증인 매수? 그걸 법정에서 검사가 직접 밝혀냈다고?'

더욱 놀란 건 검사에 대한 내용이 아니었다.

피고인이 신화그룹 총수의 막내아들이고 그를 변호한 자가 전관 변호사라는 대목이 나오자 그녀의 눈은 휘둥그레졌다.

동시에 마음 속 깊은 곳에서 분노가 치밀어올랐다.

'누구는 그나마도 번듯한 직장에 다니려고 알바하면서 학원다니는데… 이 놈들은 돈으로 범죄를 은폐하려고 하다니!'

그녀는 망설이지 않고 '공유하기' 버튼을 눌렀다.

그리고는 이런 글귀를 남겼다.

[이런 일이 우리나라 법정에서 일어나다니! 대한민국 사

람이라면 진정으로 분노해야 함. 너희들 공유해라. 내가 다 검사할꺼얏!]

SNS에 퍼지기 시작한 강남 나이트 사건과 관련된 이야기들.

그것은 단지 시작일 뿐이었다.

◇

한편, 서울중앙지검.

누군가가 급한 걸음으로 달려와서는 사무실 문을 벌컥 열었다.

"신 검사님!"

우렁찬 목소리의 남자.

그는 김영진 수사관이었다.

한창 서류작업을 하고 있던 유생이 고개를 들어 그를 보았다.

"무슨 일이죠?"

"드디어 나왔어요!"

"네?"

아직 모르겠다는 표정을 짓자 김 수사관은 유생 앞에 서류 봉투를 내밀었다.

"압수 · 수색영장이요. 신화카드사를 비롯해서 국과수, 강남경찰서까지 어제 검사님이 신청한 거 전부 다 통과 되었어요!"

유생의 눈이 번쩍 띄였다.

희소식이었다. 예상보다 훨씬 빠르게 영장이 발급되었다.

'이건 기회다.'

유생은 자리에서 일어나 외투를 걸치며 말했다.

"그럼, 가죠."

"먼저 어디로 가실 건가요?"

"당연히…."

유생은 빙긋 웃으며 말을 이었다.

"신화카드부터 갑니다. 우선 신종호의 그 거짓 알리바이부터 확인해야겠어요. 수사관들 준비시키세요. 바로 출발할 수 있게끔."

"넵!"

다시한번 우렁차게 대답한 김영진 수사관은 후다닥 문밖으로 나갔다.

'이제부터 시작이군.'

서류를 챙긴 유생의 눈이 빛나기 시작했다.

공판까지 남은 시간은 이제 2주 남짓.

이 기간 동안 유생은 신종호와 이경찬의 남아있는 날개

를 꺾어놓을 계획이었다.

◇

70여년 전 일제시대.

조선총독부가 소유한 땅에서 쌀을 생산해 공급하는 관리가 있었다.

이전에는 성문을 지키는 하급관리로 조선의 녹봉을 받았으나, 을사늑약 이후 변절한 상관을 따라 총독부에 들어가 일본과 손을 잡았다.

모든 것이 혼란스럽고 의심스럽던 시기.

충성과 변절 사이에서 수많은 이들이 갈팡질팡했지만 그의 선택은 빨랐다.

'이미 시대가 변했어. 조선은 일본을 이길 수 없다.'

기회를 보는 안목이 정확했기 때문이었을까.

그의 예상대로 일본은 빠르게 조선을 장악했고, 비교적 일찍 일본과 손을 잡은 그의 승진은 빨랐다.

일도 그리 어렵지 않았다. 반일 인사들을 색출하고 중요한 자리에서 통역만 하면 되었으니.

미리 배워둔 일본어는 당시 그의 사용가치를 높여주었고 그는 소위 말하는 '출세'를 했다.

그렇게 몇년이 지나자 그는 호남에서 가장 넓은 땅을 담당하는 관리가 되어 있었다.

그의 이름은 헤이다 하루오(米田春生).

창씨개명 이전의 이름은 신무열, 신화그룹의 전신이라 할 수 있는 신화상회의 창업자였다.

신화그룹 회장실 한 가운데에는 신무열의 초상이 걸려 있었다.

넓은 이마에 길게 찢어진 눈. 그리고 툭 튀어나온 광대뼈.

빛바랜 흑백 사진이었지만 사진 속 신무열의 눈빛에는 총기가 서려 있었다.

그 앞에는 백발이 성성한 한 노인이 서서 이를 바라보고 있었다.

신화그룹 회장 신동철.

이마에 깊게 패인 주름에는 한가닥 수심이 묻어 있었다.

그는 조부의 눈을 보며 생각에 잠겼다.

'이럴 때 할아버지께선 어떻게 하셨을까?'

애지중지하던 막내 아들이 저지른 강간 살인 사건.

처음엔 잘 풀리는가 싶더니 듣도 보도 못한 신참 검사에게 걸려 자칫하면 전과자가 될 판이었다.

기소된 죄가 중한 탓에 무기형을 살지도 모른다는 말도 들었다.

'이기범을 너무 믿었던 것일까?'

가장 약발이 쎄다는 6개월차 전관 변호사라기에 그를 고용했다.

필요한 지원은 전부 해주었다. 연줄과 돈을 이용해 증거를 없애고 증인도 매수했다.

거기다 이기범 본인에게는 착수금 5억을 주고 성과금 10억까지 내걸었다.

'그렇게까지 했는데 위태롭단 말이지….'

도저히 이해가 되질 않았다.

범죄를 덮기 위해 돈을 쓴 건 이번이 처음이 아니었기에 충격은 더했다.

설령 살인이라 하더라도 결정적인 증거를 없애고 말만 맞추면 대부분 풀려나왔다. 허나 이번엔 달랐다.

'뭐가 문제였던 걸까.'

이전보다 많은 돈을 썼고, 많은 공을 기울였음에도 실패.

곰곰히 생각해 보니 당시와 다른 것이 딱 하나 있었다.

'장태현.'

10년 전 처음 인연을 맺은 순간부터 종적을 감추기 전까지 그가 처리한 것 중에서 어긋난 것은 단 한 건도 없었다.

친족들이 벌인 수많은 사건들은 그의 손을 거치면 최소의 비용만으로 손해를 막을 수 있었다. 또한 몇년 전 신종호가 저지른 살인 사건도 그는 간단히 무죄로 만들어 버렸다.

'어떻게든 그 자를 찾아서 데려왔어야 했는데….'

후회가 밀려왔지만 돌이킬 수는 없었다.

게다가 당시에도 장태현을 눈에 불을 켜고 찾았지만 찾을 수가 없었다.

'도대체 어디 있는거냐, 장태현!'

그렇게 입술을 깨물고 있을 때였다.

등 뒤에서 노크 소리가 들려왔다.

굳이 묻지 않아도 알았다.

토요일 오전 8시. 이 시간에 회장실로 올 사람은 한 명밖에 없었으니.

신동철은 방 한가운데 놓인 소파에 앉으며 입을 열었다.

"들어와."

곧 문이 열리고 중년의 남성이 들어왔다.

비서실장 최진우.

5년 전, 전(前)비서실장이 퇴직하면서 보좌를 맡은 자였다.

장태현이 행방불명되지만 않았다면 지금 그 자리엔 장태현을 앉힐 생각이었다.

"어떻게 되어가고 있지?"

최진우는 보고서를 탁자 위에 올리며 입을 열었다.

"K양 스캔들을 터뜨린 이후로 잠잠해진 상태입니다. 또한 다음주면 보궐선거가 있는데다가 최근에 북한 관련 뉴스도 있고 해서 언론이 다시 도련님 사건을 다루기는 힘들 겁니다."

"잘 됐군."

그나마 다행인 소식이었다.

만약 언론의 주의를 돌리지 못했다면 다음 공판 때 어떤 판결이 날지는 불보듯 뻔했다.

'무기징역 아니면 사형이라 했었지.'

이기범이 착수금 5억을 받아갈 때 했던 말이었다. 당시 그는 사형은 97년 이후 집행된 예가 없으니 무기징역을 받을 것이 확실하다고 덧붙였다.

'무기징역이라니… 말도 안 돼.'

그는 아들이 저지른 강간살인이라는 범죄가 얼마나 끔찍한 것인지에 대해선 생각하지 않았다.

오히려 젊은 날에 저지른 실수라고 생각했고, 이런저런 일을 겪다가 철이 들면 나아질 거라 믿고 있었다.

"그리고 나머지는 어떻게 됐어? 추가 조사가 들어가면 곤란해 질텐데."

증거 조작에 증인 매수.

지난 공판에서 드러난 사실로 꼬리를 잡히면 곤란했다.

지시 라인이 들통나기라도 한다면 직접 자신에게까지 영향을 미칠 수도 있었다.

"수표는 모두 버진 아일랜드 쪽 페이퍼 컴퍼니에서 발행한 것이니 추적은 거의 불가능할 겁니다. 그리고 영장 판사에게 압력을 넣어뒀습니다. 때문에 당분간 추가 압수수색은 힘들 겁니다."

"잘 됐군."

불행 중 다행이었다.

다음 공판 때까지만이라도 추가조사를 지연시킬 수만 있다면 어떻게든 수를 낼 수 있을 것 같았다.

최진우가 신동철의 안색을 살피며 덧붙였다.

"그리고 이기범 변호사가 회장님을 뵙고 싶다고…."

"됐어."

냉랭한 목소리.

지난 공판 때 법정에서 일어난 일들을 보고받은 그는 이기범을 다시 볼 생각이 없었다.

재판기간 동안 아들의 구속도 풀어주지 못하는 무능한 변호사는 더 이상 필요가 없었다.

"그는 이제 끝났어. 다른 변호사를 찾아 봐. 전관 말고 유능한 자가 필요해."

장태현이란 이름이 튀어나올 뻔했지만 참았다.

지금까지 모든 정보력을 동원해도 찾지 못한 그를 굳이 언급할 필요는 없었다.

최진우는 마치 그의 속내를 읽은 듯 희미하게 웃으며 입을 열었다.

"그래서 제가 유능한 변호사 한 분을 모셔왔습니다."

그 말이 끝남과 동시에 딸깍 문이 열렸고, 깔끔하고 세련된 이미지의 중년 남성이 들어왔다.

최진우가 그를 보며 소개했다.

"바다 로펌에서 최고 승률을 자랑하는 박동수 변호사입니다."

◇

변호사 박동수.

그의 짙은 밤색 양복에 붉은 넥타이는 묘한 신뢰감을 주었다. 그것은 예전 장태현이 풍기던 이미지와 닮아 있었다.

신동철은 웃으며 그를 반겼다.

"반갑습니다. 이쪽으로 앉으시지요."

박동수가 자리에 앉자 최진우가 그의 이력을 설명했다.

"지금까지 평균승률이 90%에 육박하는 바다로펌 최고의 변호사입니다. 최근 3년간의 승률은 95%나 되죠. 이건…."

"알았네. 알았어."

더이상 말하지 않아도 알 수 있었다.

장태현을 제외한다면 국내 최고의 승률인 셈이니. 그런 이력을 제외하더라도 신동철은 박동수가 마음에 들었다.

그에겐 유능한 이들이 가지고 있는 기운을 풍기고 있었다.

'특히 저 눈빛이 마음에 드는 군.'

무슨 생각을 하는지 알 수 없는 투명한 눈빛.

그것은 사실을 있는 그대로 받아들이는 눈빛이었다.

이런 자들은 대개 거래를 잘한다. 특히 이들이 거짓을 진실처럼 꾸미고자 한다면 누구도 깜박 속아 넘어간다.

'이 자라면 믿을 수 있겠어.'

마음이 선 신동철은 바로 핵심을 물었다.

"박동수 변호사님. 제 아들 사건, 이길 수 있겠습니까?"

박동수는 별 고민하는 기색도 없이 바로 입을 열었다.

"이긴다고 한다면… 무죄를 말씀하시는 겁니까?"

신동철이 끄덕이자 박동수가 픽 웃으며 대답했다.

"누군가가 이 사건을 무죄로 만들 수 있다고 한다면 그건 사기꾼입니다. 하지만….”

그는 부드럽게 웃으며 말을 이었다.

“집행유예 정도라면 해볼 수 있을 것 같군요.”

‘집행유예!’

신동철의 눈이 확 뜨였다.

무기징역이 확실시되는 이 시점에 집행유예라는 단어는 하늘에서 내려온 동앗줄과도 같았다.

“집행유예라면 전과는 남지 않겠지요?”

박동수는 끄덕이며 대답했다.

“누범 전과는 남지 않습니다. 단 전과기록, 즉 범죄경력 자료에는 남죠. 하지만 뭐 아드님이 3년이나 5년 내에 선거에 나오시거나 공무원이 되실 일은 없을테니 별 상관 없을 듯 하군요.”

그의 말은 신동철을 안심시켰다. 희망이 보이는 것 같았다. 집행유예만 받을 수 있다면 뭐든 해 줄 수 있었다.

“필요한 게 뭡니까? 전부 다 지원해드리겠습니다.”

그때였다.

우웅-

휴대폰 진동소리. 최진우가 급히 전화를 받았다.

“강 전무님. 지금 회의 중입니다. 추후에….”

적당히 끊으려 했으나 상대방의 다급한 목소리가 들려왔다. 이를 듣는 순간 최진우의 눈동자가 커졌다.

"그게 정말입니까?"

"무슨 일인가?"

신동철의 물음에 최진우가 믿기지 않는다는 표정으로 대답했다.

"신화카드 강 전무입니다. 방금 검찰에서 들이닥쳐 압수 수색을 시작했다고…."

"뭐!"

신동철의 언성이 높아졌다.

"일 확실히 한 거 맞아? 영장 판사에게 압력을 넣었다고 하지 않았어?"

"부, 분명히 제가 직접 그렇게 했습니다."

며칠 전 영장 판사를 직접 만나 뜻을 전달했다.

현금으로 뇌물도 줬기 때문에 그가 말을 바꿀 리는 없었다. 그때 박동수가 끼어들었다.

"무슨 일인데 그리 놀라십니까?"

"신화카드에 검찰이 들이 닥쳤답니다. 압수 수색 영장까지 들고왔다고…."

순간 신동철이 최진우의 팔을 잡았고, 동시에 박동수의 눈빛이 빛났다.

"그렇다면 신화카드에서 아드님의 카드내역을 조작했

다는 건 진실이군요."

잠시 침묵이 흘렀다.

아직 계약도 하지 않은 상황에서 내부 정보를 흘리는 건 위험했다.

침묵의 의미를 깨달은 박동수가 차분히 입을 열었다.

"걱정 마십시오. 이 사건 제가 수임하겠습니다."

"조, 조건은 어떻게 할 겁니까?"

신동철이 묻자 박동수는 눈을 빛내며 대답했다.

"착수금은 1억. 성과금은 50억입니다."

50억.

분명 큰돈이었지만 아들이 집행유예로 나오는 것이 조건이라면 오히려 싼 편이다.

"그렇게 하겠소."

신동철의 대답과 동시에 분위기는 바뀌었다. 박동수는 편하게 웃으며 품에서 빨간불이 들어온 녹음기를 꺼냈다.

"계약서는 이걸로 갈음하겠습니다. 이의 없으시죠?"

계약의 본질은 의사의 합치에 있다.

쌍방의 의사가 서로 일치한다는 증거만 있으면 계약서라는 형식은 필요 없었다.

게다가 지금까지의 녹음한 대화내용은 상대방이 말을 번복할 수 없게 만드는 무기와도 같았다.

"알겠습니다. 그렇게 하지요."

신동철이 무겁게 대답하자 박동수가 말을 이었다.

"제가 녹음을 하더라도 너무 걱정하지 마십시오. 변호인은 의뢰자의 비밀을 지켜야 하는 법이니까요. 그리고 지금까지 비밀을 지키지 못했으면 제가 이 자리에 있는 일은 없었을 겁니다."

손에 들고 있는 녹음기는 협박과도 같았지만 그의 입에서 흘러나오는 말들은 달콤한 꿀처럼 마음을 편하게 했다.

박동수는 신동철과 눈을 마주치며 입을 열었다.

"사실대로 말씀해 주십시오. 아드님을 집행유예라도 만들기 위해서는 제게도 진실이 필요합니다."

그의 어조와 말투에는 흥분을 가라앉히는 마력이 담겨 있었다.

잠시 생각을 마친 신동철이 한숨을 내쉬며 입을 열었다.

"자네 말이 맞네. 카드 내역 알리바이는 조작한 게 사실이네."

"그 밖에는요?"

대답이 없자 박동수는 다시 물었다.

"그 밖에 조작한 것은 또 무엇이 있습니까?"

이번에 대답한 것은 최진우였다.

"시체와 정액을 없앴고, 흉기였던 끈은 태워버렸습니다. 그리고 증인도…."

박동수는 심각한 표정으로 고개를 끄덕였다.

"알겠습니다. 이걸로 검찰의 동선을 알 수 있겠네요. 그들은 증거를 찾아낼 가능성이 높은 곳부터 압수 수색을 시작할 겁니다. 그렇다면 신화카드에서 압수 수색을 끝낸 후에는 강남 경찰서, 이후엔 국과수로 향할 것으로 보이는군요."

분명 타당한 말이었지만 최진우는 믿기지 않는다는 듯 말했다.

"하지만 분명히 영장 판사에게 압력을 넣어 뒀습니다. 현금으로 1억이나 줬다구요. 아마 신화카드 이외의 영장은 통과되지 않을 가능성이…."

"그렇게 생각하면 안 됩니다."

박동수는 고개를 저으며 말을 이었다.

"이미 신화카드에 영장을 들고 온 이상 나머지 영장도 발급되었다고 보는 게 맞습니다. '최악의 상황을 가정해 예방한다.' 바로 그것이 리스크 관리의 기본이죠."

박동수는 노련한 야전 사령관 처럼 앞으로 해야 할 일들을 말해 주었다.

먼저 신동철을 보며 입을 열었다.

"회장님, 혹시 서울중앙지검장과 친분이 있지 않으십니까?"

"그, 그랬던가?"

당황하고 있는 그의 옆에서 최진우가 입을 열었다.

"지검장과는 인연이 없습니다. 검찰청쪽 인맥은…."

그는 수첩을 꺼내 넘기면서 말을 이었다.

"지난 취임 때 우리 측에서 10억 정도 자금을 지원했던…."

"아, 이상율 검찰총장!"

신동철이 박수를 치며 말을 이었다.

"그 자라면 내가 도와준 적이 많지. 취임 때도 그렇지만 장학금으로 아들 미국 유학도 보내주고 그랬는걸."

박동수는 회심의 미소를 지으며 말했다.

"좋습니다. 그에게 부탁을 해 보십시오. 지금 사건 담당 검사를 다른 곳으로 발령 내달라고 말입니다."

그의 말은 신선한 충격과도 같았다.

지금까지 변호사가 무능해서 몰리고 있다고만 생각했지 검사가 유능하다는 생각까진 하지 못했다.

"좋은 생각이네. 한번 연락을 해보지."

휴대폰을 꺼내 전화번호를 찾던 그가 문득 입을 열었다.

"근데… 벌써 임기가 거의 다 되었는데 내 말이 먹힐까?"

아들의 수사를 피하기 위한 청탁.

이는 분명한 불법이다.

과거 그를 도와줬다고는 해도 이미 이룰 것을 다 이룬 검찰총장 입장에서는 들어주기 힘든 부탁이었다.

허나 박동수는 고개를 저었다. 그는 희미한 미소를 지으며 입을 열었다.

"세간에 이런 말이 떠돌더군요. 이상율 총장은 차기 장관 자리를 탐내고 있다고. 이후엔 국회의원, 그 후엔 대권까지 노리고 있다고 말입니다."

그의 말에 신동철의 귀가 번쩍 뜨였다.

동시에 생전에 할아버지가 어린시절의 그에게 버릇처럼 하시던 말씀이 떠올랐다.

– 명심하거라. 사람이 원하는 것을 알면 그를 조종할 수 있단다.

그 말은 지금의 신화그룹을 만든 초석과도 같은 것이었다. 지금까지 모두가 불가능할 거라 말하던 것을 가능케 할 수 있었던 것도 이 말 때문이었다.

신동철은 망설이지 않고 전화를 걸었다.

검찰총장이 원하는 것을 알고 있으니 이젠 그를 조종할 차례였다.

◇

2011년 10월 29일 토요일 오전 8시 30분경.

대부분 쉬는 주말이었지만 여의도 국회의사당 역 주변은 제법 많은 사람들이 오가고 있었다.

주말에도 쉬지 않고 일하는 수많은 직장인들.

그 중 역을 빠져 나온 한 중년여성이 빠른 걸음으로 신화카드 본사 건물로 들어갔다.

그녀는 3년 간의 우수한 실적으로 3개월 전 계약직에서 정규직으로 전환된 이소영 팀장이었다.

"이 팀장님, 지금 나오세요?"

엘리베이터 앞에서 인사하는 이는 동료 송 팀장. 그녀에게 생긋 웃어보인 이 팀장이 입을 열었다.

"어휴 힘들다.. 토요일날 나오는 것도 쉽지 않네."

"어쩌겠어요. 정규직이 된 것만도 천만다행인데요."

그녀들은 신화카드 본사 콜센터의 팀장들이었다.

이전에 인바운드 전화 상담(걸려오는 전화를 받아 처리하는 업무)으로 꾸준한 실적을 올렸기 때문에 지금 이 자리까지 오를 수 있었다.

"그래도 너무 힘들어. 한창 상담할 때는 실적수당 보면서 살았는데 지금은 비슷한 월급 받으면서 야근까지 해야하다니…."

"하긴… 금요일 야근 하고나서 토요일 오전 근무하는 게 너무 힘들긴 하죠."

모처럼 마주친 둘은 엘리베이터 앞에서 수다를 떨었다.

정규직으로 전환될 때까지만 해도 기대에 부풀었던 그녀들.

허나 정작 정규직이 되고 나니 계약직 때보다 별 다를 바 없다는 사실에 한숨지었다. 심지어는 더 못한 부분도 있었다.

“다른 사람들은 다 주 5일 근무하는데 우리만 6일하는 건 좀 너무한 거 아냐?”

“그러게요. 지난 주에 친구들 만나서 이야기 하는데 내가 토요일도 회사 나간다니까 다들 이상한 표정으로 보더라구요. 명색이 국내 1위 신화카드 본사 콜센터 팀장인데….”

송 팀장의 말에 이 팀장도 표정이 어두워졌다. 그녀도 얼마 전 비슷한 경험을 했던 탓이다.

“너무한 거 같아. 영업이나 관리부쪽은 이렇지 않잖아. 우리만 완전 호구된 거 같다니까.”

“맞아요. 추석 때나 설날 같은 공휴일에 나와서 일해도 월급을 더 주거나 하지도 않구요… 지난번에 다른 부서 팀장들이랑 급여이야기를 해봤는데 그 사람들은 주5일 근무하는데도 저랑 똑같이 받더라구요. 솔직히 이거 불법 아닌가요?

송 팀장의 의혹에 이소영 팀장도 심각하게 끄덕이며 동의했다.

"그러게. 예전에 노무사에게 들어보니까 무슨 수당을 더 받을 수 있다고 하는 거 같던데……."

"그럼 뭐해요. 누가 나서서 이야기할 수도 없는데."

분명 부당한 일을 당하고 있지만 별다른 수가 없었다.

정확히 무엇이 잘못되었는지도 몰랐고, 설사 안다고 해도 이제 막 정규직으로 전환된 그들이 회사에 부당함을 주장할 수도 없었으니.

현실을 인식한 이 팀장이 한숨을 포옥 내쉬며 말했다.

"요즘 같이 힘든 때 정규직이 어디야. 괜히 말했다간 짤릴 수도 있어. 그냥 잠자코 있어야지."

"그것도 그렇네요. 그냥 쥐죽은 듯이 돈 벌어야지요. 물론 쥐꼬리만 하지만…."

둘이 그렇게 체념할 때였다. 뒤에 서 있던 누군가가 불쑥 끼어들었다.

"이런 건 가만히 참고 있으면 안 됩니다."

화들짝 놀라 뒤를 돌아보니 한 남자가 순박한 웃음을 짓고 서 있었다.

카키색 반코트를 입은 순한 인상의 남자.

그는 둘의 눈을 번갈아 마주치며 말을 이었다.

"이대로 넘어가면 아무것도 바뀌지 않습니다. 그러면 고용주는 더욱 근로자들의 이익을 취하려 할 테고 상황은 더욱 나빠질 겁니다."

목소리는 은근했지만 그 내용에는 힘이 담겨 있었다.

또한 또박또박한 발음과 명료한 어조는 그녀들의 귀에 쏘옥 들어왔다.

문득 호기심이 생긴 이소영 팀장이 물었다.

"그럼 어떻게 해야 하죠? 우리처럼 토요일 날 근무하는 게 불법이긴 한가요?"

법에 대해서 전혀 모르는 그녀로선 당연한 질문이었다. 남자는 미소를 지으며 친절하게 대답해 주었다.

"토요일 날 근무하는 것 자체는 불법이 아닙니다. 근로기준법상 당사자의 합의가 있다면 1주 12시간 한도에서 연장근로를 할 수 있으니까요. 하지만…."

남자는 눈을 반짝 빛내며 말을 이었다.

"연장근로에 대한 수당을 받지 못한다는 건 문제가 있습니다. 야근시간과 토요일 근무시간까지 확인해보면 좀 더 정확하게 알 수 있겠지만요."

확신에 찬 말투와 진지한 표정.

송 팀장과 이 팀장, 둘은 이 사람이 누군지보다 수당이란 단어에 더 궁금증을 느꼈다.

참지 못한 송 팀장이 물었다.

"수당이라니요? 그럼 지금보다 더 많이 받을 수 있다는 말이세요?"

남자는 싱긋 웃으며 고개를 끄덕였다.

"물론입니다. 원칙적으로 연장근로는 50% 가산된 임금을 받아야 합니다. 그리고 만약 유급 휴일인 일요일이나 공휴일에 일한 경우엔 거기에 50%를 더 가산해서 받아야 하구요."

"네?"

귀가 확 트이는 말들이었다.

동시에 지난 추석 때가 떠올랐다. 연휴기간 동안 교대로 나와 근무를 했음에도 급여는 그 다음 달과 똑같이 받았었다.

남자의 말대로라면 매달 공휴일의 유무에 상관없이 똑같은 금액을 지급받은 것은 분명히 문제가 있었다.

"그러면 어떻게 받을 수 있죠?"

"소송이나 이런 거 해야 되는 거 아닌가요?"

그녀들의 걱정이 묻어있는 질문들.

부당하다고 해도 구제받을 가능성이 없다면 아무 소용이 없었다.

또한 소송 같은 복잡한 절차를 통해야만 한다고 해도 할 수 없는 건 마찬가지였다.

남자는 마치 그녀들의 속마음을 훤히 읽은 듯 부드럽게 웃으며 대답했다.

"그럴 필요는 없습니다. 고용노동부에 근로계약서와 지금까지 받았던 급여 내역서를 첨부해서 신고하면 처리를 해 줍니다. 근로감독관이 사실을 확인하고 직접 권고를 내리거든요.”

남자의 확답에도 둘은 아직 미심쩍은 부분이 있었다.

“하지만 신고하면 불이익이 가거나 하지 않나요?”

“맞아요. 수당 몇 푼 못 받았다고 신고했다가 직장에서 짤리면 어떻게 해요.”

질문은 가장 핵심적인 것이었다.

아무리 법에 명시되어 있고, 정부기관이 돕는다하더라도 직장 내에서 불이익을 받을 수 있다면 누구도 신고하지 못할 것이다.

허나 이번에도 남자는 웃으며 대답했다.

“그것도 걱정 않으셔도 됩니다. 지금 말씀드린 부분, 즉 연장근로나 휴일근로의 경우 50% 더 수당을 받아야 한다는 것은 근로기준법 56조의 내용입니다.

만약 사업주가 56조를 위반해 수당을 지급하지 않았을 경우 3년 이하의 징역 또는 2천만원 이하의 벌금형으로 처벌 받게 됩니다. 그런데 이게 반의사불벌죄라서 피해자가 원치 않을 경우엔 공소제기를 할 수가 없습니다.”

반의사 불벌죄.

피해자가 원하지 않으면 공소를 제기할 수 없는 범죄를 말한다.

조금 어려운 이야기였지만 이 팀장은 그 의미를 금세 이해할 수 있었다.

"아. 그러면 업주가 불이익을 주겠다 싶으면 바로 고소하면 되겠네요."

"맞다! 그러면 되겠네. 업주가 괜히 불이익을 주면 그냥 콰악!"

웃으며 이야기하는 송 팀장 앞에서 남자도 같이 웃으면서 말했다.

"생각보다 법은 치밀하게 규정되어 있습니다. 잘만 활용하면 자신의 부당함을 해소할 수 있죠. 그리고…."

남자가 그녀들에 명함을 내밀었다.

"만약 일을 처리는 과정에서 불이익을 받을 것 같으면 연락주세요. 처리해 드리겠습니다."

명함을 확인한 둘은 눈이 휘둥그레졌다.

눈에 익은 검찰청 마크 아래엔 굵직한 글씨로 이렇게 쓰여 있었기 때문이다.

[검사 신유생]

"검사님이셨어요?"

"어쩐지 법에 대해 완전 빠삭하시더라."

유생은 빙긋 웃으며 입을 열었다.

"아무것도 아닙니다. 그런데…. 저도 한가지 말씀 좀 물어도 될까요?"

"당연하죠!"

"뭐든지 물어보세요. 다 알려드릴께요."

유생에게 소중한 정보를 들은 그녀들은 적극적이었다. 유생은 자연스럽게 물었다. 그가 진정으로 알고 싶은 것을.

"혹시 여기 전산실이 어디에 있나요?"

"전산실?"

이소영 팀장이 고개를 갸웃거렸다. 본사로 발령 받은 지 얼마 안 된 탓에 잘 몰랐기 때문이었다. 그때 송 팀장이 손을 번쩍 들었다.

"저 거기 어딘지 알아요. 8층에 있어요."

"8층이요? 근데 여기에는 나와있지 않던데…."

유생이 건물 안내도를 가리키며 말끝을 흐리자 송 팀장은 자신이 알고 있는 바를 모두 이야기했다.

"저기엔 안 써 있는데 8층 5호실이 전산실이에요. 예전에 가봐서 알아요. 듣자하니까 뭐 검열같은 거 나오면 미리 피하려고 여기에 일부러 안 써놨다고 하던데…."

그 순간 송 팀장은 유생이 검사라는 사실을 떠올렸고, 서둘러 입을 막았다.

유생은 빙긋 웃으며 인사했다.

"감사합니다."

이어서 유생은 작은 무전기를 꺼내들고는 지시를 내렸다.

"전산실은 8층입니다. 8층 5호. 서둘러 진입하세요. 최대한 빨리 서버를 확보해야 합니다."

그 말이 떨어짐과 동시에 수사관들 십수 명이 건물 안으로 우르르 들어왔다.

이를 본 경비들이 몰려와 막으려했으나 유생이 그들 앞에서 압수수색영장을 보이며 말했다.

"검찰입니다. 이 이상 길을 막으면 공무집행방해죄의 현행범으로 체포할 겁니다."

유생의 말은 마치 마법사가 부리는 마법처럼 경비들을 무력화 시켰고, 수사관들은 팀을 나누어 건물 위로 올라갔다.

무사히 서버를 압수했다는 무전이 들려온 것은 그로부터 불과 10분 뒤였다.

◇

같은 시간.

강남경찰서를 덮친 한지연 검사도 성과를 올릴 수 있었다.

김순철 경장의 도움으로 그가 맨 처음 제출했던 초동수사기록을 입수할 수 있었다.

이것은 김형철 반장이 공문서를 위조했다는 중요한 증거자료가 될 터였다.

"그것뿐만이 아냐. 사건 당일 날 경찰서 내부 CCTV 기록도 확보했어. 모르긴 몰라도 분명 건질게 있을 거야."

- 네. 한 검사님. 수고하셨습니다.

"뭘. 쉬운 거였는데. 그나저나 이제부터 신 검사는 뭐해?"

- 저는 지금 국과수로 향하고 있습니다.

"국과수?"

- 사라진 시체와 정액의 행방을 추적해보려구요.

"좋은 생각이야. 운 좋게 정액이 나오기만 한다면 이 사건은 한 방에 끝이라고."

- 그랬으면 정말 좋겠네요. 그럼 있다가 사무실에서 뵙겠습니다.

"그래. 이따 봐."

전화를 끊은 한지연의 붉은 입술이 올라갔다. 더없이 매력적으로 보이는 웃음이었다.

'정말 대단해.'

그녀는 감탄하고 있었다.

지난 공판 때도 그렇지만 영장이 나온 이후에도 그랬다.

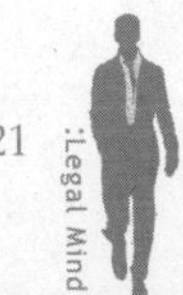

팀을 짜고 작전을 실행하는데 불과 30분.

그 안에 두 군데의 압수 수색을 마쳤고, 유생은 마지막 처리를 하러 간다.

'이길 수 있어. 반드시.'

재벌이 개입된 데다 전관예우 변호사까지 끼어든 이 사건.

한때 위태로운 순간도 있었지만 이젠 완전히 역전되었다. 승리는 바로 눈 앞에 있는 것 같았다.

"검사님, 이제 복귀할까요?"

수사관의 물음에 한지연은 끄덕였다.

"네. 이제 돌아가죠."

모두 차에 올라 안전벨트를 맬 때였다. 그녀의 휴대폰이 울리기 시작했다.

화면을 보니 '김형돈 부장님♥'이란 글자가 깜박거렸다.

'부장님이네.'

한지연은 미소지으며 전화를 받았다. 오늘 얻은 성과를 보고하면서 칭찬이라도 받을 생각으로.

허나 김형돈 부장의 목소리가 들려오자 그녀의 표정은 굳어가기 시작했다. 그리고 전화를 끊었을때 그녀는 더이상 웃고 있지 않았다.

◇

서울국립과학수사연구원.

도로가에 차를 세운 유생은 차에서 내리면서 사건계장에게 당부했다.

"상황을 보고 조금 뒤에 연락하겠습니다. 계장님은 그때까지 여기서 대기해 주세요."

"네. 헌데… 수색영장까지 있는데 굳이 이럴 필요가 있을까요?"

계장의 말에 다른 수사관들도 끄덕이며 말했다.

"맞습니다, 검사님. 어차피 수색 들어갈 거면 한꺼번에 들이닥치는 편이 좋을 텐데요."

"영장도 있는데 그냥 밀어 붙이죠."

분명 일리있는 말이었지만 유생은 고개를 저었다.

"아직 국과수 사건에 대해서는 조사된 바가 없습니다. 피의자도 특정되지 않았구요. 우리가 아는 사실은 이곳에서 증거가 사라졌다는 것 뿐. 그것이 어떻게 누구에 의해 사라졌는지는 전혀 모르는 상태입니다."

유생의 말에 모두들 알겠다는 듯 끄덕였다.

수색 대상조차 정해지지 않은 마당에 영장을 구실로 들어가봤자 할 수 있는 것은 아무 것도 없을 터.

유생의 말대로 우선은 수색대상을 정해야 한다.

"제가 먼저 들어가서 사건 제보자와 만나 이야기해 보겠습니다. 운이 좋다면 그때 수사범위를 확정할 수 있을겁니다."

사건계장이 고개를 끄덕이며 대답했다.

"네, 검사님. 여긴 제게 맡기시고 다녀오십쇼."

그때 차량 한 구석에 앉아있던 자가 손을 번쩍 들었다.

"저, 검사님."

유생이 눈을 들어 확인해보니 이른 오전부터 행동을 함께했던 오영근 피디였다. 그는 검찰 측 카메라 요원인 것처럼 검은색 점퍼를 입고 있었다.

그가 카메라를 들어보이며 말했다.

"저도 같이 가야 하지 않을까요? 영상으로 찍어놓으면 나중에 도움이 될지도 모릅니다."

유생은 잠시 생각했다.

카메라로 현장을 촬영할 수만 있다면 분명 효과적일 테지만 눈에 너무 띄는 것은 문제다.

"눈에 너무 띄지 않을까요?"

"그건 걱정 안하셔도 됩니다."

오영근 피디는 작은 어깨 가방을 꺼내보이며 말을 이었다.

"그저 옆에 따라다니게만 해주시면 감쪽같이 찍어 놓겠

습니다. 아무도 모를 거에요."

과연 가방 안에 카메라를 넣자 감쪽같았다.

카메라가 비교적 작은 탓에 렌즈가 비치지도 않았고, 가방을 어깨에 걸쳐 메니 어색하지도 않았다.

거기에 그치지 않고 오영근은 한 쪽 손에 파일철에 필기도구를 들었다. 그렇게하니 영락없는 유생의 보조처럼 보였다.

"알겠습니다. 대신 촬영하는 걸 들키지 않도록 조심하셔야 합니다."

국내에서도 손꼽힐 정도로 보안이 철통같은 국과수.

거기다 오영근 피디는 검찰 수사관이 아닌 만큼 정체가 들켜서는 곤란했다.

유생은 한차례 더 당부한 후 오영근 피디와 함께 차량을 나섰다.

경비실에 신분증을 보이고는 이채영 부검의 이름을 대자 둘은 쉽게 정문을 통과할 수 있었다.

그때 뒤에서 따라오던 오영근 피디가 불렀다.

"근데 검사님."

"네?"

"수사가 아직 초기단계인 것 같은데요, 이런 경우에도 수색영장이 나올 수도 있습니까?"

말투는 부드러웠지만 뾰족한 질문이었다.

수색영장의 발급은 수사진전에 어려움이 있을 때 보충적으로 사용되어야 하는 것이 원칙.

허나 지금은 수사가 초기단계임에도 영장이 발부되었다. 이는 경우에 따라선 공권력의 남용으로 볼 수도 있었다.

"대개는 나오지 않습니다. 하지만 이번 사건은 고도의 신뢰성이 요구되는 국과수에서 일어난 증거 인멸 사건입니다. 또한 국가 기관에 대한 수색이기 때문에 국민의 기본권과는 밀접한 관련이 없죠. 아마도 이 두가지 이유 때문에 법원에서 영장을 내준 것 같습니다."

"아, 그렇군요."

오영근 피디는 알겠다는 표정을 지으며 끄덕였으나 유생의 표정은 어두워졌다.

'적당히 둘러대긴 했지만… 나도 궁금하군. 신청서가 분명히 허술했을 텐데 왜 허가해 준 것일까?'

국과수에 대한 영장은 추후 보완요청이 나올 것으로 예상하고 신청한 것.

수사가 어느 정도 진행된 후 보완할 생각이었기에 이번 영장이 통과된 것은 의외였다.

'어찌되었건 일단 발부는 되었으니 수색에만 신경쓰자.'

이미 발부된 이상 문제는 없었다. 그것은 판사의 판단이

자 재량이었으니.

유생은 발걸음을 재촉했다.

쫓아오는 자는 아무도 없었지만 웬지 서두르지 않으면 안될 것 같은 예감이 그의 감각을 자극하고 있었다.

◇

1층 연구실에서 이채영 부검의를 만난 유생은 바로 수사 협조를 부탁했다.

"사라진 증거들에 관해서 듣고 싶어 왔습니다."

아직까지 그가 아는 사실은 강남나이트사건의 결정적 증거인 정액과 시체가 사라졌다는 것 뿐.

수사를 진행하기 위해서는 좀 더 구체적인 사실들이 필요했다.

"사실 저도 말씀드릴 만한 게 많지 않아요."

이채영도 고개를 설레설레 저으며 말했다.

"그날 아침, 증거가 사라진 걸 발견한 뒤에 저도 나름대로 조사는 해봤거든요. 발견한 거라곤 이것뿐이에요."

그녀는 파란색 표지로 된 장부를 내밀었다.

시신이 외부로 반출될 때 반드시 기재해야 하는 장부.

"여기에 서명을 하지 않으면 저기 있는 담당 감독관이 문을 열어주지 않아요."

"그러면 저 감독관은 누가 시신을 반출했는지 기억나지 않는답니까?"

이채영은 끄덕였다.

"네. 마스크를 쓰고 있는데다가 친근한 말투라 그냥 싸인한 것만 확인하고는 문을 열어줬대요."

"그렇다면 내부인일 확률이 높겠군요."

유생의 말에 이채영도 동의했다.

"네. 저도 그렇게 생각해요. 아무래도 외부인이 이런 짓을 하기엔 이곳 시스템이 너무 엄격하니까요."

철통같은 경비시스템.

시체를 반출하기 위해서는 적어도 두 가지 이상의 절차가 필요하기 때문에 내부사정을 모르는 자가 하기엔 무리가 있었다.

이채영은 장부를 펼쳐 사건 당일날 기록을 보여주며 말을 이었다.

"여기 한유나 씨 시신 반환기록이 있죠?"

"10월 11일이면… 공판 바로 전날이군요."

"네. 그날 저녁 여섯시에 반출된 것으로 적혀 있어요."

유생은 그녀가 가리킨 줄을 자세히 살폈다. 그곳에는 날짜와 함께 담당자의 서명이 기록되어 있었다.

아무렇게나 휘갈겨 쓴 서명. 알아볼 수는 없었지만 한자를 흘려쓴 것 같이 보이긴 했다.

"이 서명은 누구 것이죠?"

이채영은 잠시 생각하다가 곧 고개를 저었다.

"모르겠어요. 처음 보는 서명이에요."

허나 너무나도 아무렇게나 휘갈겨 썼기에 글씨를 알아볼 수는 없었다. 찬찬히 서명을 뜯어보던 유생이 다시 이채영을 보며 입을 열었다.

"혹시…. 짐작가는 사람은 있습니까?"

이채영은 다시 생각에 잠겼다.

특별히 생각나는 게 없어 고개를 저으려던 순간, 그녀의 머릿 속에서 한 사람의 모습이 스쳐 지나갔다.

증거가 사라진 것을 확인한 날 새벽, 복도에서 마주친 건장한 남자의 모습이.

"있긴 있는데… 확실치는 않아요."

그녀가 망설이는 기색을 보이자 유생이 부드럽게 말했다.

"그래도 한번 말씀해 보세요. 사소한 것도 괜찮습니다. 지금은 의심스러운 것은 전부 다 필요하니까요."

조금이라도 의심스러운 것은 모두 다 확인하는 것이 수사의 기본 원칙.

'의심스러울 때는 피고인의 이익으로 생각한다.'는 법정에서의 원칙과는 지극히 대조적이다.

이채영은 당시를 곱씹으며 입을 열었다.

"새벽에 나왔을 때 복도에서 누군가와 마주쳤어요. 사실 그 시간에 부검을 진행하는 경우는 잘 없는데 그 사람은 부검할 때 입는 수술복을 입고 있었어요. 몸에서도 부검실 냄새가 났구요."

유생의 눈에서 반짝 빛이 났다. 그는 사건 수첩을 꺼내 메모를 하면서 다시 물었다.

"인상착의는요? 남자인가요, 여자 인가요?"

"남자였어요. 키는… 검사님보다 10cm는 더 컸던 것 같고… 얼굴은… 마스크 때문에 확인할 수 없었어요."

'마스크.'

유생은 시체실 감독관이 마스크를 썼기 때문에 확인하지 못했다고 했다는 사실을 떠올렸다.

"그 밖에 특이 사항은 없었습니까?"

유생의 물음에 이채영은 생각에 잠겼다.

어두운 복도에서 마주쳤던 남자.

다시 그를 떠올리자 그녀의 귓가에 생생한 목소리가 떠올랐다.

- 출근 시간 전에는 복도가 어두우니까 조심하세요.

복도에 울려퍼지던 무거운 중거음의 목소리.

"아! 맞아요. 목소리. 낮고 중후한 목소리였어요."

"목소리로는 그 사람이 누군지 알 수 없었나요?"

유생의 물음에 이채영은 고개를 끄덕였다.

"네. 생소한 목소리였어요. 우리 부서 연구원이라면 바로 알아봤을 텐데… 제 주변 사람은 아닌 게 확실해요."

이채영의 말에 유생은 곰곰이 생각하며 입을 열었다.

"그래도 수술복을 입고 있었다면 이곳 직원일 가능성이 높겠죠?"

"아마도요. 그래도 여기 직원이 80명은 넘으니까요."

'80명이라….'

이채영은 별 것 아닌 듯이 말했지만 유생으로선 매우 중요한 정보였다.

'아까 올라올때 보니까 서울 국과수에는 총 다섯개 과가 있어. 거기에 직원이 80명 선이라면 일일이 검문하는 게 어렵진 않겠어.'

유생과 함께 온 수사관은 총 여덟 명.

그들을 모두 동원한다면 검문 시간도 그리 많이 걸리지는 않을 터.

"알겠습니다. 그럼 그 단서들을 가지고 한 명씩 검문을 해 보죠."

이채영이 걱정스러운 듯 말했다.

"괜찮을까요? 기억이 정확하지 않을 수도 있고… 또 괜히 잘못 사람을 짚으면…"

"걱정마세요. 적어도 우리에겐 범인을 특정할 수 있는 한 가지 증거를 가지고 있으니까요."

"증거요?"

이채영이 눈이 동그래지자 유생은 빙긋 웃으며 그녀가 들고 있는 '시신반환대장' 을 가리켰다.

"여기 있는 서명. 이 서명을 한 사람은 분명 시신을 인계했던 자일 겁니다."

"그치만 글씨를 알아볼 수가 없잖아요?"

이채영의 걱정스런 물음에 유생은 고개를 저었다.

"휘갈겨 쓰긴 했어도 여기엔 특유의 '서체' 가 있어요. 이 정도라면 필적 감정이 가능할 겁니다."

또한 국과수 내부에는 관련 전문가도 있을 터.

'피의자만 특정할 수 있다면 충분히 필적 대조가 가능할 거야.'

증거라고 하기에도 미미한 흔적이었지만, 유생은 이것만으로 충분히 범인을 잡아낼 수 있다고 생각했다.

"알겠어요. 검사님만 믿겠어요."

이채영은 유생의 눈을 보며 끄덕였다.

국과수 내부에서 일어난 증거 인멸 사건.

그녀 역시도 이 사건이 과연 누가 저지른 것인지 몹시도 궁금했다.

◇

점심식사 후.

대기하고 있던 수사관들을 대동한 유생은 연구소장실로 향했다.

그곳에서 확인한 서울국립과학수사연구소의 정원은 81명. 연구소장과 휴가자를 제외하면 근무자는 총 78명이었다.

연구소장을 만난 유생은 수색영장을 보여주며 협조를 구했다.

"강남 나이트 살인사건의 증거물인 정액을 탈취하고 피해자 한유나의 시신을 아무 허가 없이 유족에게 넘긴 자를 찾고 있습니다. 협조 부탁드립니다."

연구소장은 떨떠름한 표정이었지만 수색영장 앞에서는 어쩔 도리가 없었다.

"알겠습니다. 다만 현재 진행 중인 연구에는 차질이 없도록 부탁드리겠습니다."

연구소장의 승낙으로 연구원 일대일 탐문은 본격적으로 시작되었다.

총 다섯 개 과 중에서 부검과 관련된 과를 먼저 돌기 시작했다.

법의조사과, 유전자분석과, 마약독성화학과, 이공학과

한 시간에 걸쳐 탐문을 했으나 이 네 개 과에서는 성과가 없었다.

"이공학과는 대부분 여성이라 조사할 사람도 몇 없었습니다."

"마약과 연구원 중에 키가 180넘는 사람은 한사람도 없던데요."

"유전자분석과에서도 발견하지 못했습니다. 180넘는 남성이 넷 있었지만 목소리는 영 아니었습니다."

법의조사과를 담당했던 유생도 성과가 없긴 마찬가지였다. 헛탕을 친 수사관들은 곤혹스러운 표정을 지었다.

"이상하네요. 이 정도까지 했으면 나올 법도 한데…."

"결국 외부인의 소행인 걸까요?"

이채영이 의혹을 제시했으나 유생은 고개를 저었다.

"국내에서 최고의 보안이 이뤄진 곳이 여깁니다. 외부인이 들어와 이렇게 빠른 시간 안에 증거를 없앴다고 생각하는 건 많은 무리가 있어요."

부검실까지 가는데만도 두 개의 허가절차가 필요하다.

외부인이라면 이를 통과하는 것도 쉽지 않을뿐더러 수십여구의 시체가 보관된 부검실에서 정확히 한유나의 시신을 찾는 것도 쉽지 않았을 것이다.

거기다 감독관이 익숙한 말투로 통과시켰다는 사실도

범인이 내부인이란 것을 말해주고 있었다.

유생은 수사관들과 이채영을 보며 입을 열었다.

“아직 우리가 조사하지 않은 부서가 하나 남았습니다.”

운영지원과.

부검과는 관련이 없는 부서라 조사 대상에서 빠져 있었지만, 이젠 이곳밖에는 남지 않았다.

“이채영 부검의가 본 사람이 실제 인물이고, 국과수 내부인이라면 그는 운영지원과에 있을 확률이 높습니다.”

‘만약 여기에도 없으면 휴가 중인 두 명 중 한 명이겠지.’

유생은 최후의 최후까지 대비하면서 수사를 지시했다.

“계장님은 수사관들을 모두 네 팀으로 나눠서 배치해 주세요.”

혹시라도 있을 도주에 대비해 수사관들을 복도와 각 문에 배치 시킨 후, 유생은 이채영과 함께 운영지원과로 들어갔다.

곧 운영지원과에 들어서자마자 키가 훤칠한 한 남자와 마주쳤다.

구릿빛 피부에 인상이 좋은 남자였다. 그를 본 순간 유생에겐 어떤 느낌이 왔다.

‘이 자인가?’

모든 것이 이채영이 말한 것과 일치하는 남자.

강한 의심이 들자 유생은 신분증을 내보였다.

"검찰입니다. 잠시 조사를 했으면 합니다만…."

그때 남자의 눈동자가 빠르게 움직였다.

유생과 이채영, 그리고 멀리 보이는 문을 확인한 그는 냅다 달리기 시작했다.

〈5권에서 계속〉